Tshibanda | Un fou noir au pays des Blancs

Fremdsprachentexte | Französisch

Pie Tshibanda

Un fou noir au pays des Blancs

Récit autobiographique

Herausgegeben von Martin Bischof

Reclam

RECLAMS UNIVERSAL-BIBLIOTHEK Nr. 19932
2017 Philipp Reclam jun. Verlag GmbH,
Siemensstraße 32, 71254 Ditzingen

Gestaltung: Cornelia Feyll, Friedrich Forssman
Druck und Bindung: Canon Deutschland Business Services GmbH,
Siemensstraße 32, 71254 Ditzingen
Printed in Germany 2017

ISBN 978-3-15-019932-9
www.reclam.de

«Parce qu'en Europe,
pour dire bonjour,
il faut se connaître;
mais comment vous connaître
si je ne commence pas
par dire bonjour?»
(Pie Tshibanda)

1. Arrivée en Europe

L'avion décrivait de larges cercles au-dessus de Bruxelles-National. Par les hublots, les passagers admiraient les réverbères alignés qui dispensaient une lueur blafarde à travers la brume. Dehors, il faisait un temps de chien. À dix-neuf heures trente déjà, une nuit d'encre courait jusqu'à l'horizon.

L'air résigné, pour ne pas dire déçu, muré dans sa solitude au fond de l'avion, monsieur Masikini se demandait s'il ne valait pas mieux repartir avec le même appareil. Dans son Afrique lointaine, le soleil brille au firmament. Les fleurs des flamboyants, le long des artères, pendent dans l'attente apparemment vaine d'une brise qui leur apporterait un brin de vigueur. Sur certaines berges, des crocodiles patients attendent de happer les antilopes imprudentes qui viendraient se désaltérer à la rivière.

Cependant, dans beaucoup de pays africains, les armes crépitent, les hommes tombent … Les autres errent à tra-

3 **le hublot:** Bullauge; hier: Flugzeugfenster. | 3 f. **le réverbère:** Straßenlampe. | 4 **aligné, e:** aneinandergereiht, gerade ausgerichtet. | **dispenser:** zukommen lassen; hier: (Licht) spenden. | **une lueur blafarde:** fahler Schimmer. | 5 **la brume:** Dunst, leichter Nebel. | 6 **une nuit d'encre** (f.): pechschwarze Nacht (*une encre,* f.: Tinte). | 8 **l'air** (m.) **résigné:** niedergeschlagen aussehend, resigniert dreinschauend (*un air:* Aussehen, Miene). | **murer qc/qn:** etwas/jdn. einmauern. | 8 f. **la solitude:** Einsamkeit. | 11 **lointain, e:** fern, (weit) enfernt. | 12 **le flamboyant:** Flammenbaum. | **une artère:** Arterie; hier: Hauptverkehrsachse. | 13 **vain, e:** vergeblich, aussichtslos. | 14 **un brin de:** ein wenig. | **la vigueur:** Kraft. | **la berge:** Ufer, Böschung. | 15 **happer:** schnappen. | 16 **se désaltérer:** trinken, Durst stillen. | 17 **cependant:** jedoch. | **une arme:** Waffe. | 18 **crépiter:** rattern, knattern. | **errer:** herumirren.

vers la forêt … L'Afrique se vide de son sang … Les vendeurs d'armes se frottent les mains, les affaires marchent!

«Nous arrivons à Bruxelles, mesdames et messieurs, veuillez attacher vos ceintures de sécurité …» La belle hôtesse de l'air tira Masikini de ses rêveries. L'Africain sourit, se souvenant du personnage d'un livre écrit par un compatriote: il avait serré la ceinture de son pantalon plutôt que de s'attacher au siège. Une fois à l'arrêt, le remue-ménage dans l'avion s'intensifia, chacun des passagers essayait de mettre la main sur ses bagages.

Masikini arbora un large sourire en réponse à la fille qui lui disait au revoir et lui souhaitait un bon séjour en Belgique. Le hall n'était pas loin et, heureusement, la température y était un peu plus confortable. Les gens allaient et venaient, les uns vers d'autres cieux, les autres accueillant amis et frères.

Sa valise récupérée, Masikini se mit dans l'une des deux files vers la sortie. Il n'y avait pas de bousculade, tout se passait comme dans le meilleur des mondes. Un agent de la sécurité s'approcha toutefois de Masikini et lui enjoignit de se placer dans l'autre file, là où se faisait un contrôle des papiers dans une atmosphère tendue. Il obtempéra. Une

4 **attacher la ceinture de sécurité** (f.): sich anschnallen. | 6 f. **le compatriote:** Landsmann. | 7 **serrer:** festziehen, enger schnallen. | 8 **le remue-ménage:** Durcheinander (*remuer:* sich bewegen). | 11 **arborer qc:** etwas zeigen, zur Schau tragen. | 15 **vers d'autres cieux** (m. pl.): hier: anderswohin. | **accueillir:** willkommen heißen, empfangen. | 18 **la file:** Warteschlange. | **la bousculade:** Gedränge. | 19 **le meilleur des mondes** (m. pl.): die beste aller möglichen Welten (Anspielung auf den ironischen Roman *Candide,* in dem Voltaire die Leibniz'sche Formel verulkt). | 20 **enjoindre qc à qn:** jdm. etwas vorschreiben, befehlen. | 22 **obtempérer:** gehorchen, einem Befehl Folge leisten.

dame africaine lui fit remarquer qu'il y avait une rangée pour les Européens et une pour les autres. Masikini prit conscience qu'il était un homme de couleur, il fallait qu'il s'en souvienne désormais. Pis, il n'avait jamais pensé que sa tête pût ressembler à celle d'un trafiquant de drogue. Son étonnement fut donc grand lorsqu'un homme s'approcha de lui et lui dit de le suivre.

En Afrique, la société est tellement hiérarchisée que les aînés ont priorité en toute chose. Lorsqu'on occupe une situation sociale confortable et qu'on est un homme de bien, les honneurs vous sont rendus. C'est pour cela que personne ne craint la vieillesse. Dans les pays dits développés, Masikini descendait au bas de l'échelle. L'agent de sécurité fouillait sa valise, il se permettait d'ouvrir jusqu'au courrier destiné aux amis.

– Vous êtes sûr, monsieur, que vous avez le droit de déchirer les enveloppes? lui lança Masikini plus étonné que révolté.

– Je fais mon travail.

Un autre agent vint rejoindre le premier. Il avait l'air d'un chasseur de prime à la recherche d'un criminel. Les menottes qu'il arborait le faisaient percevoir comme une menace.

1 **la rangée:** Reihe. | 2 f. **prendre conscience de qc:** sich einer Sache bewusst werden. | 4 **désormais:** von nun an, von jetzt ab. | **pis** (adv.): schlimmer (noch). | 5 **pût:** subjonctif imparfait von *pouvoir.* | **le trafiquant de drogue** (f.): Drogenhändler. | 6 **fut:** p. s. von *être.* | 9 **les aînés:** ältere Leute. | 11 **un honneur:** Ehre. | 13 **les pays** (m. pl.) **développés:** die entwickelten Länder, Industrieländer. | 13 **une échelle:** Leiter. | 14 **fouiller qc:** etwas durchsuchen. | **le courrier:** Briefpost, Briefe. | 20 **vint:** p. s. von *venir.* | **rejoindre qn:** zu jdm. hingehen. | 21 **les menottes** (f. pl.): Handschellen. | 22 **percevoir qc:** etwas wahrnehmen. | **la menace:** Bedrohung.

– Je t’apporte les menottes, dit-il à son ami, t’en as besoin pour monsieur?

– Apparemment non! répondit l’agent zélé. Il avait l’air déçu de n’avoir rien trouvé de compromettant! Il avait devant lui un nègre qui ne lui inspirait pas confiance!

Masikini avait l’impression de faire un cauchemar. Il était pourtant bien éveillé. Il lui fallait seulement comprendre qu’en Europe, il perdait jusqu’à la présomption d’innocence. Il rangea ses vêtements dans la valise et refit la queue dans la file.

– Que viens-tu faire en Belgique? lui demanda celui qui était chargé de contrôler les passeports.

La dame de tout à l’heure, compatissante, lui dit: «Tu devras t’habituer aux tracasseries administratives. En Europe, tu n’as pas droit à l’erreur. Dans le métro, en train, n’égare jamais ton titre de transport. N’oublie jamais d’acheter ton billet … Un Noir n’oublie pas, il ne se trompe pas, il n’égare pas … Il triche!»

Dans le train vers le centre de Bruxelles, Masikini s’assit en face d’un Européen. Celui-ci sortit son journal et fit un écran devant lui.

Sur le siège d’à côté, deux amoureux s’embrassaient. Un enfant noir, au vu de ce spectacle, ferma les yeux. Il fut sûrement choqué, car en Afrique, tout ce qui est de l’ordre de

3 **apparemment:** offensichtlich. | **zélé, e:** übereifrig, dienstbeflissen. | 5 **inspirer confiance** (f.): Vertrauen einflößen. | 6 **faire un cauchemar:** einen Alptraum haben. | 8 f. **la présomption d’innocence** (jur.): Unschuldsvermutung. | 13 **compatissant, e:** mitleidsvoll. | 14 **les tracasseries** (f. pl.) **administratives:** bürokratische Schikanen. | 15 **égarer qc:** eine Sache verlegen. | 18 **tricher:** betrügen. | 21 **un écran:** Bildschirm; hier: Abschirmung, Sichtschutz.

l'intime ne doit pas se faire en public. En Europe, beaucoup de choses ont changé avec Mai 68, une révolution que d'autres continents n'ont pas connue. «Pauvre petit, se dit Masikini, s'il ne s'habitue pas aux mœurs européennes, il sera obligé de fermer si souvent les yeux qu'il aura besoin d'une canne pour aveugles.»

4 **les mœurs** (f. pl.): Sitten, Bräuche. | 6 **une canne pour aveugles:** Blindenstock.

2. Démarches administratives kafkaïennes

Le matin, il se présenta à la maison communale pour déclarer son arrivée, comme le veut la loi. Il était neuf heures du matin. L'employé lui dit qu'il était en retard et qu'il fallait revenir plus tôt le jour suivant. Masikini ravala sa vexation. L'occasion était belle pour lécher les vitrines. Il était fasciné par l'abondance. Dès qu'il voyait un Africain, il l'observait comme si, inconsciemment, il était à la recherche d'un visage familier. Les bâtiments lui semblaient tellement uniformes qu'il craignait de se perdre. De temps en temps, il demandait son chemin à des passants. Certains lui répondaient gentiment, d'autres lui indiquaient une carte.

La deuxième fois qu'il se présenta à la commune, l'agent lui dit qu'il était encore en retard.

– Soyez gentil, monsieur, éructa-t-il, révolté, je suis dans la file depuis cinq heures du matin …

– Viens à quatre heures, monsieur, je ne reçois que les vingt premiers, ceux qui ont eu un jeton.

«Ils se foutent de notre gueule», cria un jeune Maghrébin. «Ils ne nous traiteraient pas de cette façon si nous

1 **les démarches** (f. pl.) **administratives:** Behördengänge. | **kafkaïen, ne:** kafkaesk, wie in den Schilderungen Franz Kafkas. | 2 **la maison communale:** Gemeindehaus. | 3 **la loi:** Gesetz. | 5 f. **ravaler sa vexation:** seine Demütigung schlucken. | 6 **lécher les vitrines** (f. pl.): einen Schaufensterbummel machen (*lécher:* lecken, schlecken; auch verwendet: *faire du lèche-vitrines*). | 7 **l'abondance** (f.): Überfluss, Reichtum. | 8 **inconsciemment:** unbewusst (adv. zu *inconscient, e*). | 16 **éructer:** hervorstoßen. | 19 **un jeton:** (Spiel-)Marke, Chip; hier: Nummer, die von den Wartenden gezogen werden muss. | 20 **se foutre de la gueule de qn** (pop.): jdn. verarschen.

étions des Européens. C'est pas leur affaire si nous tombons malades à cause du froid.»

Le concierge conseilla à Masikini d'aller voir dans une autre commune, celle-ci étant réputée pour ses attitudes discriminatoires. Il n'y avait pas besoin d'aller en Afrique du Sud pour voir l'apartheid.

L'expérience la plus remarquable eut pour cadre le «bureau d'accueil». Les demandeurs d'asile s'y présentent de bon matin, chacun espérant être reçu le premier. Un numéro à la main, ce matin-là, ils attendent dans une salle close d'où ils ne sortiront qu'à midi ou le soir. De temps en temps, les gendarmes ouvrent la porte quand il s'agit de conduire quelqu'un en prison ou lorsqu'un chanceux a été reçu rapidement. Ils sont nombreux, venus des horizons les plus divers. On peut y entendre différentes langues, de l'arabe au russe, sans oublier les langues africaines. Certaines personnes ont l'air distingué à côté d'autres qui, apparemment, ressentent déjà tout le poids de l'exil. Anciens cadres dans leur pays, hommes simples, aventuriers ... ils sont tous réduits à un dénominateur commun. Le cœur d'un chacun bat au rythme de l'angoisse. Sur cent candidats à l'asile politique, le bureau d'accueil en refuse plus de 92! L'ordre d'arrivée n'a aucune importance, le premier venu pouvant être reçu le dernier. Tout dépend de la

4 **être réputé, e pour qc:** den Ruf haben, bekannt sein für etwas. | **une attitude:** Haltung. | 6 **l'apartheid:** Apartheid, Rassentrennung in Südafrika bis 1994. | 10 f. **une salle close:** geschlossener Raum. | 13 **la prison:** Gefängnis. | **un chanceux:** Glückspilz. | 17 **avoir l'air** (m.) **distingué:** vornehm aussehen. | 18 **ressentir qc:** etwas spüren. | **le poids:** Gewicht. | 20 **le dénominateur commun:** der kleinste gemeinsame Nenner. | 21 **l'angoisse** (f.): Angst. | 22 **refuser:** hier: abweisen.

disponibilité des juristes. Ces derniers sont spécialisés par zones géographiques et ne reçoivent que «leurs» candidats.

De temps en temps, les regards convergent vers des gens qui ont été reçus libres à l'audition mais qui ressortent menottes aux poings en compagnie de jeunes gendarmes qui vont les ramener à la frontière d'où ils seront expulsés. Un garçon de cinq ans regarde ainsi ses parents avec un air de déception, il ne comprend pas comment son brave papa, «Rambo» en Ukraine, peut suivre avec docilité des gens qui ont eu l'audace d'attacher les mains de sa pauvre maman.

Chaque fois qu'on appelle un numéro, ceux qui ne comprennent pas le français accourent avec le carton sur lequel est inscrit leur numéro.

– C'est pas toi, leur crie l'agent, lassé et étonné devant des hommes blancs qui ne comprennent ni la langue de Molière ni celle de Shakespeare.

Il s'agit bien souvent de ressortissants de l'Europe de l'Est, de pays apparemment bien plus éloignés de la Belgique que les pays africains.

Pour gagner du temps, un Tchétchène trouva bon d'apprendre le français. Il avait besoin de phrases utiles. «Je t'aime, je t'aime beaucoup», répétait-il après avoir dit «merci beaucoup» à l'Africain qui avait traduit son langage

1 **la disponibilité:** Verfügbarkeit. | 4 **converger:** zusammenlaufen. | 5 **une audition:** Anhörung. | 6 **menottes aux poings:** gefesselt (*le poing:* Faust). | 7 f. **expulser qn:** jdn. ausweisen. | 9 **la déception:** Enttäuschung. | 10 **la docilité:** Gefügigkeit (*docile:* gefügig). | 11 **l'audace** (f.): Dreistigkeit. | 16 **lassé, e:** überdrüssig, zermürbt. | 19 **le ressortissant:** Staatsangehöriger.

gestuel. Il détenait une phrase magique qui, à l'instar de «Sésame, ouvre-toi», allait enflammer les cœurs des femmes belges. Tenez-vous bien, mesdames, ce monsieur n'ira pas par quatre chemins: «Je t'aime beaucoup!» À vous de trouver la solution là où le bureau d'accueil aura dressé une barrière.

Masikini n'avait pas encore tout vu! Une fille blanche, maquillée comme si elle allait à un carnaval, se dandinait d'un bout à l'autre de la salle. L'air «m'as-tu-vu», elle arborait un sourire qui contrastait avec l'angoisse des autres. Où pouvait-elle puiser tant d'optimisme? Masikini apprit qu'il ne s'agissait pas d'une fille comme les autres mais d'un homme bourré d'hormones qui était en voie de devenir une femme, une transsexuelle! Elle venait de l'Europe de l'Est. Dans son pays, elle était marginalisée, ce qui l'avait poussée à venir voir en Belgique où, pensait-elle, elle vivrait sa vie en toute liberté. La convention de Genève est large. «Montrez-nous les preuves de ce que vous affirmez», disent les juristes aux demandeurs d'asile. À certains, l'on reproche d'être là, vivants, et de prétendre qu'ils ont frôlé la mort. La fille, elle, ne se faisait aucun souci. Les preuves? Eh

1 **détenir qc:** über etwas verfügen, im Besitz einer Sache sein. | **à l'instar de qc:** nach dem Muster von etwas. | 4 **ne pas y aller par quatre chemins** (loc.): ohne Umschweife zur Sache kommen. | 8 **se maquiller:** sich schminken. | **se dandiner:** hin- und herwippen, herumstolzieren. | 11 **puiser:** schöpfen, hernehmen. | 13 **bourré, e de qc:** mit etwas vollgestopft. | **être en voie de qc:** auf dem Weg / im Begriff zu etwas sein. | 15 **marginaliser qn:** jdn. ausgrenzen. | 20 **reprocher qc à qn:** jdm. etwas vorwerfen. | **prétendre qc:** etwas behaupten, vorschützen. | 20 f. **frôler la mort:** knapp dem Tode entgehen (*frôler:* streifen). | 21 **la preuve:** Beweis.

bien, les effets palpables des hormones, les seins et pourquoi pas la disponibilité! Du moins, c'est ce qu'elle pensait.

Le temps passe vite, l'agent chargé des dossiers de l'Afrique Centrale n'est pas encore arrivé.

– Tous dehors! crie un gendarme, c'est l'heure de la pause. Allez manger!

«Manger!», s'exclame Masikini. Qui avait envie de nourriture?

Alors qu'il avait le numéro 2, Masikini ne fut reçu que vers seize heures. Celui qui l'écoutait avait l'air fatigué. «Tu parles trop vite», disait-il au demandeur d'asile qui essayait de résumer en quelques lignes son histoire. «Abrège, tu donnes des détails inutiles … je veux des dates précises, le nom de l'avenue … les témoins … arrête … c'est trop … tu vois bien que j'ai déjà rempli une page …»

Masikini ne comprenait rien à l'empressement de celui qui l'écoutait en ayant l'air d'avoir d'autres chats à fouetter. L'entretien prit au total une vingtaine de minutes. Le verdict? Le candidat semblait pessimiste car l'agent avait lâché négligemment: «De toutes les façons, tu pourras toujours introduire un recours …»

Masikini savait donc déjà à quoi s'attendre alors que la décision devait être prise officiellement en commission.

1 **un effet palpable:** sichtbare Wirkung (*palpable:* wörtl.: mit den Händen greifbar). | **les seins** (m. pl.): Brüste. | 2 **la disponibilité:** (hier sinngemäß) Bereitschaft zu mehr. | 12 **abréger:** abkürzen. | 14 **le témoin:** Zeuge. | 16 **l'empressement** (m.): Eilfertigkeit. | 17 **avoir d'autres chats** (m. pl.) **à fouetter** (loc.): Wichtigeres zu tun haben (*fouetter:* peitschen). | 18 f. **le verdict:** Urteil. | 19 **lâcher:** (Bemerkung) fallen lassen. | 20 **négligemment:** nachlässig (adv. zu *négligent, e*). | 21 **introduire un recours:** Rechtsmittel einlegen, Einspruch erheben.

Dix-sept heures! L'heure du verdict. Pour plus de 90 % de ceux qui attendaient, il était négatif. Néanmoins, la plupart avaient la possibilité d'introduire un recours urgent auprès du Commissariat général aux réfugiés et apatrides. La procédure lancée, certains la suivaient depuis plus de cinq ans. C'était un calvaire pour ceux qui avaient de la famille et qui attendaient la décision pour envisager de demander un regroupement familial.

2 **néanmoins:** dennoch, nichtsdestoweniger. | 4 **le réfugié:** Flüchtling. | **un apatride:** Staatenloser. | 5 **la procédure lancée:** hier: seit Beginn des Verfahrens. | 6 **le calvaire:** Leidensweg. | 7 **envisager qc:** etwas ins Auge fassen. | 8 **le regroupement familial:** Familienzusammenführung.

3. Folie amoureuse d'une Africaine

Le soir, à la cité universitaire, Masikini prit la bonne décision d'aller passer du temps dans la salle de récréation. Il y trouva une jeune fille africaine qui l'intrigua dès le premier regard. Elle était fine, apparemment sérieuse, mais avait des attitudes bizarres. Son visage se renfrognait quand un Noir se mettait à côté d'elle. La compagnie des Blancs par contre l'enchantait. Elle avait l'air contente parmi les Européens, une joie parfois inexpliquée et qui se traduisait par des réactions sans rapport avec les scènes du film. Celui qui n'aurait pour but que d'attirer l'attention sur lui n'agirait pas autrement. Elle éclatait de rire quand les acteurs s'embrassaient et sollicitait l'approbation de la salle là où le film lui plaisait.

Masikini ne pouvait pas s'imaginer que cette fille ne tarderait pas à venir frapper à sa porte pour demander du secours.

– On m'a dit que vous étiez psychologue, monsieur, pouvez-vous m'aider?

– Pas sur le seuil de la porte, tu peux entrer.

La fille avait l'air d'une personne qui ne comprenait pas ce qui lui arrivait. Imaginer qu'il viendrait jouer au psy en Europe … Masikini croyait rêver. Il était content cependant de pouvoir comprendre ce que vivent les Africains en Europe. Lui qui se demandait si les Belges l'accepteraient,

3 **la salle de récréation:** Aufenthaltsraum. | 4 **intriguer qn:** jdn. stutzig machen. | 6 **se renfrogner:** (Gesicht) verziehen. | 9 **la joie:** Freude. | 13 **solliciter l'approbation** (f.): nach Anerkennung heischen. | 15 f. **ne pas tarder à faire qc:** bald etwas tun. | 20 **le seuil de la porte:** Türschwelle.

l'occasion lui était donnée de s'oublier et de s'occuper des autres.

– Dites-moi, monsieur, finit par dire la jeune fille, est-ce qu'on peut aimer quelqu'un et vouloir le faire souffrir en même temps?

– En principe, non, répondit le psychologue, mais il y a des sadiques. La souffrance des autres leur procure du plaisir. Quel est ton problème?

– Mon problème? Eh bien, c'est celui d'un garçon qui m'aime mais qui me fait souffrir. Voilà deux ans que ça dure …

– Tu veux une tasse de café? demanda Masikini.

– Non, monsieur, avec le problème que j'ai, rien ne me fait plaisir.

Masikini en avait vu d'autres. Il savait que beaucoup d'Africains, malgré l'apparence, vivent dans une misère psychologique indescriptible. Mais il avait là un cas.

– Vous êtes ensemble depuis combien de temps? demanda-t-il à la jeune fille.

– C'est justement là mon problème, nous ne sommes pas ensemble. Il m'aime, mais il ne le dit pas!

– Tu te calmes, et tu réponds à mes questions. Si j'ai compris, tu as bien dit que ce garçon ne t'a jamais demandé ta main … qu'il te fait souffrir … c'est ça?

– Oui …

– Mais comment sais-tu qu'il t'aime?

– Il a commencé par être gentil avec moi, mais il est bloqué, il ne sait pas me déclarer son amour.

4 **faire souffrir:** leiden lassen, quälen. | 7 **le sadique:** Sadist. | 15 **en avoir vu d'autres** (loc.): schon viel erlebt haben, nicht erstaunt sein. | 17 **indescriptible:** unbeschreiblich.

– J'ai compris, mais, dis-moi, comment fait-il pour te faire souffrir?

– Nous sommes allés chez lui l'autre jour; lorsqu'il est venu nous ouvrir, il a dit que tout le monde pouvait entrer sauf moi. Est-ce normal, monsieur, pour quelqu'un qui m'aime? Tout ça parce qu'il y a dans sa vie une autre fille, une Marocaine!

– Et lui-même, il est de quel pays?

– C'est un Algérien, mais c'est pas un problème pour moi, je ne suis pas raciste, moi.

– Comment sais-tu qu'il a une amie?

– Je la vois rôder autour de lui; pourtant elle ne peut pas l'aimer comme je l'aime. En plus, elle n'est pas belle, je ne vois vraiment pas ce qui peut l'attirer en elle.

Masikini fixa son regard sur le visage de la fille. Elle avait l'air sincère.

– Comment t'appelles-tu? lui demanda-t-il.

– José …

– Dis-moi, José, ton prince charmant accepterait-il de me parler?

– Pourquoi pas?

– C'est bien, je te demande de garder le moral. Je vais entrer en contact avec lui et nous verrons ensemble ce qu'il faut envisager.

La jeune fille essuya ses larmes, ramassa son sac à main et promit de revenir.

Charmant, le prince l'était. Cheveux noirs, type méditerranéen. Il était fin, léger et souriant. En Afrique, on l'ap-

3 **l'autre jour:** neulich. | 12 **rôder autour de qn:** um jdn. herumschleichen | 16 **sincère:** aufrichtig, ehrlich. | 18 **José:** hier: Abkürzung für *Joséphine.* | 27 f. **méditerranéen:** mediterran, südländisch.

pellerait tout simplement «beau gars». En plus d'un physique flatteur, il préparait une thèse de doctorat alors qu'il n'avait pas plus de vingt-deux ans. D'un abord facile, il mit tout de suite à l'aise monsieur Masikini qui se demandait par où commencer.

– Je viens vous voir à propos de José …

– J'en suis content, monsieur, vous ne pouvez pas savoir à quel point je suis content. Ce n'est pas seulement la fille que vous allez aider, mais moi aussi. Moi aussi, parce que j'en ai marre d'une mythomane qui me traque parce que j'ai eu tort de l'accueillir au moment où tout le monde se moquait d'elle.

La situation était claire. José avait souffert de solitude comme tout Africain qui arrive en Europe. Le garçon lui avait tendu la main, José avait saisi le bras. Elle s'était dit: «Il doit m'aimer, ce garçon si gentil.» Elle lui était restée fidèle en attendant qu'il lui demande sa main. Et comme elle souffrait sans le dire, ses résultats académiques étaient en conséquence. José n'avait pas franchi le cap de la première année. Elle avait perdu sa bourse et même le droit de rester en Belgique. Un mariage la tirerait d'affaire, mais pas avec n'importe qui. Il lui fallait un Blanc, un homme qui a des moyens … Voilà pourquoi elle se fâchait lorsque, dans la salle de détente, un Noir venait s'asseoir à côté d'elle.

1 **le gars** (ausgesprochen [ga]): Kerl. | 1 f. **un physique flatteur:** schmeichelhaftes Aussehen. | 3 **d'un abord facile:** leicht im Umgang, leicht zugänglich. | 3 f. **mettre qn à l'aise** (f.): dafür sorgen, dass sich jemand wohl fühlt. | 10 **en avoir marre** (fam.): die Schnauze voll haben. | **le/la mythomane:** Mythomane, Mythomanin (Person mit krankhaftem Drang zum Geschichten erfinden, Übertreiben, Lügen). | 18 f. **en conséquence:** dementsprechend. | 20 **une bourse:** (Geld-)Börse; hier: Stipendium.

– Je ne suis pas raciste, monsieur, mais je ne pense pas pouvoir me marier avec une Noire … Si vous pouvez enfoncer cela dans la tête de José, eh bien, vous me rendrez un grand service.

Masikini remercia le garçon pour sa sincérité. Le problème était maintenant d'aborder la fille, de la regarder dans les yeux et de lui dire la vérité.

Entre l'Europe et l'Afrique, un fossé de plusieurs années s'est creusé sur le plan moral. Si, en Afrique, la fille vertueuse est celle qui se garde pour son mari, au Nord, les expériences sont considérées comme une richesse. Devant le slogan «je fais ce que je veux», certaines filles africaines souffrent du fait que les mérites de leur «conduite vertueuse» ne soient pas pris en compte en Occident. Pendant deux ans, José était restée fidèle à un Arabe qui se la coulait douce avec une Marocaine. Elle avait espéré le séduire par ses qualités morales! La pauvre!

– C'est pas vrai! cria-t-elle lorsque Masikini lui rapporta l'entretien. Il a osé dire qu'il ne m'aime pas? Non, ce n'est pas possible … Je voudrais qu'il me le dise lui-même, qu'il me regarde en face … qu'il dise qu'il ne m'aime pas … je veux l'entendre … le voir …

– Calme-toi, José, accepte de voir la réalité en face. Il serait difficile à ce garçon de t'affronter s'il avait demandé ta main, mais …

2 f. **enfoncer:** einhämmern. | 5 **la sincérité:** Aufrichtigkeit. | 6 **aborder qn:** jdn. ansprechen, an jdn. herantreten. | 8 **le fossé:** Graben. | 9 f. **vertueux, -euse:** tugendhaft. | 10 f. **une expérience:** Erfahrung. | 11 **considérer comme:** betrachten als. | 13 **le mérite:** Verdienst. | 14 **prendre qc en compte:** etwas berücksichtigen. | 15 f. **se la couler douce** (loc.; fam.): es sich gut gehen lassen.

– Non, je veux qu'il me le dise lui-même …

– À tes risques et périls, souffla Masikini, la main sur le téléphone.

Le prince charmant accepta de venir les rejoindre.

– Est-ce vrai que tu ne veux plus de moi? l'interpella José sans même lui laisser le temps de dire bonjour.

– Non pas que je ne veux plus de toi, mademoiselle, mais je n'ai jamais voulu de toi. Oh! la la! les Noirs! Quelle attitude devrait-on adopter à votre égard? Avec vous, c'est tout ou rien! La juste mesure, vous ne connaissez pas? J'ai eu tort d'avoir été gentil avec toi? j'aurais dû te mettre en quarantaine, comme l'ont fait les autres? Puisque tu m'obliges à être franc avec toi, eh bien, je te dis que tu n'es pas belle à mon goût. Je te donne deux sur dix … En plus, tu es Noire.

Il claqua la porte. Masikini n'avait rien dit, il observait José visiblement hébétée. Ayant finalement réalisé ce qui lui arrivait, elle se mit à vociférer: «Il est raciste! Et dire que j'avais confiance en lui … je lui suis fidèle … Aïe, mon Dieu, pourquoi m'as-tu fait ça? Qu'est ce que je t'ai fait de mal?»

Elle pleurait, la pauvre, comme si elle venait de perdre un parent. Le psychologue savait que les larmes versées ont un effet cathartique. «Faites quelque chose, monsieur, cria la fille, révoltée, vous êtes psychologue, n'est-ce pas …»

2 **à tes risques et périls** (loc.): auf deine eigene Gefahr! | 5 **interpeller qn:** jdn. anreden, anfahren. | 9 **à l'égard** (m.) **de qn:** jdm. gegenüber. | 10 **la juste mesure:** das gesunde Mittelmaß. | 11 f. **mettre qn en quarantaine** (f.): (hier sinngemäß) jemanden ignorieren. | 17 **hébété, e:** sprachlos, baff. | 18 **vociférer:** brüllen. | 23 **un effet cathartique:** Katharsis-Effekt (hier: befreiende, erleichternde Wirkung).

Il faisait déjà nuit noire, et Masikini se demandait si José allait finalement se calmer, si elle allait finir par partir.

– Faites quelque chose, psychologue, ce garçon est malade … Comment ne peut-il pas voir que je suis belle, que je l'aime et que je suis fidèle?

– Ça suffit, mademoiselle, nous allons maintenant passer aux choses sérieuses …

Le ton était ferme, la fille essuya ses larmes. Masikini lui tendit une feuille de papier et un stylo.

– Sur cette feuille, tu écris ce que tu veux.

La fille ne se fit pas prier.

Je veux sortir avec lui, même s'il ne m'aime pas. Moi je l'aime assez pour deux personnes. J'aimerais bien me promener avec lui, bras dessus bras dessous, en ville, aux galeries, place de Brouckère … Qu'on se rende visite l'un à l'autre, qu'on discute dans une ambiance amoureuse, qu'on partage des repas ensemble … même si je sais qu'il ne va pas m'épouser ni même vouloir se fiancer avec moi … qu'on soit ensemble ne serait-ce que pendant un temps … il rompra après s'il en a toujours envie.

J'aimerais qu'il sorte avec moi par pitié, parce que je le pleure trop … même s'il ne m'aime pas … peut-être est-ce un manque de dignité, mais dans cette situation, mon bonheur passe avant ma dignité. Je suis trop malheureuse sans lui … Je m'en fous si ses copains ou les autres se moquent de moi … De qui ne s'est-on jamais moqué?

14 **bras dessus bras dessous:** Arm in Arm. | 18 **se fiancer:** sich verloben. | 20 **rompre** (*une relation*): (Beziehung) beenden, Schluss machen. | 21 **la pitié:** Mitleid. | 23 **la dignité:** Würde. | 25 **je m'en fous** (fam.): es ist mir wurscht. | 26 **se moquer de qn:** sich über jdn. lustig machen.

C'est mon bonheur que je cherche, pas le fait que les gens ne se moquent pas de moi … je ne vis pas pour eux … De toutes les façons, je ne trouve pas que je me comporte mal … C'est inhabituel, peut-être, mais ce n'est pas mal.

La fille avait l'air calme. Masikini en profita pour marquer des points:

– Dis-moi, José, sur une échelle à quatre classes: très belles, belles, moyennes, pas belles, tu te situes dans quel groupe?

– Je suis très belle, vous ne trouvez pas?

Elle était innocente, la brave, elle avait même l'air étonnée que Masikini lui pose une pareille question. Elle se croyait et se sentait belle, elle ne voyait pas comment un homme pouvait lui résister, du moment qu'elle l'avait choisi!

– Je te propose un exercice, José: dans ton milieu, sur la route, aborde une personne qui te paraît sympathique et demande-lui de te classer. Reviens me voir quand tu auras dix réponses au moins.

José ne perdit pas son temps. La première dame belge qu'elle interrogea lui répondit avec philosophie: «Tu es belle, ma Pille, la beauté, elle est à l'intérieur, dans le cœur et non dans le paraître.»

Un garçon d'origine zaïroise l'observa sans gêne et lui dit: «Tu as un beau corps, tu es fine, mais avec tes yeux

3f. **se comporter:** sich benehmen. | 12 **innocent, e:** unschuldig. | **la brave:** hier: die Gute (*brave:* mutig). | 15 **résister à qn:** jdm. widerstehen. | 24 **le paraître:** Schein. | 26f. **les yeux exorbités:** hervorstehende Augen.

exorbités et ta chevelure, je te donne six sur dix. Tu n'es pas belle, mademoiselle».

José se mit en colère, elle profita de la proximité d'une cabine téléphonique pour appeler Masikini:

– Allô! … Je ne comprends pas, monsieur, j'ai rencontré un gars qui trouve que je ne suis pas belle!

– Termine l'exercice, lui répondit le psy, nous en reparlerons.

Le jour du rendez-vous, Masikini demanda à Joséphine de lire les statistiques. Ils en déduisirent que la fille se faisait d'elle-même une image peu conforme à celle que l'entourage s'en faisait.

– Tu es raciste, mademoiselle, lui dit le psy.

– Raciste? Moi? Comment pouvez-vous dire ça alors que vous connaissez ma préférence pour le type méditerranéen?

– Mais cette préférence s'accompagne du mépris vis-à-vis de ceux de ta race!

– Non … j'aime le contraste que font le teint basané et les cheveux noirs …

– Et tu te demandes ce que le garçon pouvait trouver de mieux chez la Marocaine?

La soirée fut longue encore, Masikini remit à la fille la lettre qu'elle avait écrite de sa main.

«C'est moi qui ai écrit ça? s'exclama-t-elle. L'amour peut rendre fou … et dire que j'ai même pensé au suicide!»

1 **la chevelure:** Haar. | 3 **la proximité:** Nähe. | 10 **déduire qc de qc** (p. s.: *ils déduisirent*): etwas aus einer Sache ableiten. | 11 f. **un entourage:** Umgebung. | 17 **le mépris:** Verachtung. | 19 **basané, e:** braungebrannt, dunkelhäutig. | 26 **le suicide:** Selbstmord.

Pas seulement l'amour mais aussi l'Europe, le climat, la solitude peuvent rendre fou.

Masikini n'avait plus pensé à lui-même mais l'avenir incertain lui réservait, à lui aussi, des surprises. La Belgique lui accorderait-elle le séjour? Et les Belges, que pensaient-ils de sa présence? La réponse? Elle commence peut-être avec cette convocation que lui apporte le facteur. Le Commissariat général aux réfugiés et apatrides lui fixe rendez-vous pour l'écouter. Il s'agira de confirmer ou d'infirmer l'ordre de quitter le territoire qui a résulté de la décision prise par le bureau d'accueil.

5 **accorder le séjour à qn:** jdm. eine Aufenthaltsbewilligung geben. | 7 **la convocation:** Vorladung. | 9 **confirmer qc:** etwas bestätigen. | 9 f. **infirmer:** entkräften; hier: (Ausreisebefehl) aufheben, rückgängig machen.

4. L'histoire de Masikini est celle du Congo

Au Commissariat général aux réfugiés et apatrides, l'ambiance était plus conviviale. Les demandeurs d'asile y vont sur rendez-vous, ils sont moins nombreux qu'au bureau d'accueil, ils ont soufflé déjà un bon coup en Belgique et ils savent qu'ils seront appelés par leur nom et non par un numéro. Il arrive que quelqu'un y rencontre un compatriote fraîchement arrivé, et avec lui l'occasion d'oublier l'angoisse et de recueillir les nouvelles du pays. Bien souvent, elles ne sont guère réjouissantes.

Contrairement aux autres, Masikini avait décidé de se défendre seul. Il ne pouvait pas se permettre le luxe de payer un avocat.

Une jeune femme belge entra dans la salle et un silence pesant se fit. Le moment tant redouté était là.

– Monsieur Masikini Wa Mungu! fit-elle.

– Je suis là, madame, répondit l'homme, apparemment docile comme il le fut jadis à l'école primaire.

– Bonjour, monsieur, vous voulez bien me suivre?

Comment ne pas suivre cette belle dame rassurante? Son sourire s'ajoutait au charme d'une jeune femme à qui la grossesse procurait ce petit air de fragilité qui donne envie à l'homme de jouer pleinement son rôle protecteur.

Le bâtiment était un labyrinthe pour Masikini; on lui aurait dit de retrouver son chemin qu'il se serait perdu.

3 **convivial, e:** gemütlich, freundlich, einladend. | 5 **avoir soufflé un bon coup** (loc.): hier etwa: geduldergeprobt sein. | 10 **ne … guère:** kaum, wenig. | **réjouissant, e:** erfreulich. | 15 **tant:** so sehr. | **redouté, e:** gefürchtet. | 18 **jadis:** früher. | 22 **la grossesse:** Schwangerschaft. | 23 **le rôle protecteur:** Rolle des Beschützers.

Il comprenait pourquoi la dame était venue le chercher dans la salle d'attente.

– Mettez-vous à l'aise.

– Merci, vous êtes gentille.

– Alors … je vais vérifier votre identité … C'est bien vous Masikini Wa Mungu?

– C'est moi.

– C'est un joli nom, Masikini …

– Un nom chargé, plutôt.

– Que signifie-t-il?

– «Pauvre de Dieu».

– Vous n'avez pourtant pas l'air si pauvre que ça, monsieur Masikini, et selon ce que je vois, dans votre pays, vous êtes un Monsieur?

– C'est long à expliquer, madame, mais ne serait-ce que le fait d'être ici devant vous en ce moment et à cette date … c'est déjà significatif.

– Vous avez beaucoup d'enfants, à ce que je vois …

– Non, je n'en ai que six.

La jeune femme se redressa, sûrement que l'enfant qu'elle portait dans son ventre bougeait. Le Noir avait six enfants et il trouvait que ce n'était pas une famille nombreuse! Plus étonnant encore, les enfants avaient des noms différents.

– Posez-moi la question, madame, s'il y a des choses que vous cherchez à comprendre. Il vaut mieux être compris plutôt qu'être traité de menteur. Dans mon pays, le nom de

3 **Mettez-vous à l'aise:** Machen Sie es sich bequem. | 9 **un nom chargé:** vorbelasteter Name. | 17 **significatif, -ive:** bedeutungsvoll. | 22 f. **une famille nombreuse:** kinderreiche Familie. | 27 **le menteur:** Lügner.

famille n'est pas obligatoire. Mon premier fils a le même nom que moi parce que c'est le nom de mon grand-père, le deuxième a le nom de mon père qui n'est pas mon nom, le troisième a le nom de mon beau-père, ma première fille porte le nom de ma mère, la cinquième le nom de la sœur de ma belle-mère dont je ne pouvais pas donner le nom à ma fille parce que ma belle-mère avait le même nom que ma mère et que, par conséquent, je ne pouvais pas avoir deux enfants avec un même nom, le dernier porte le nom de ma femme et le mien ensemble.

– C'est bien, monsieur, j'ai compris, venons-en aux choses sérieuses maintenant. Qu'est-ce qui vous amène en Belgique? Pourquoi demandez-vous l'asile en Belgique, monsieur?

– Je n'ai pas fini de vous expliquer l'histoire des noms …

– C'est votre histoire qui m'intéresse maintenant.

– Eh bien, je viens de ce grand pays qui s'appelle Zaïre et que vos ancêtres ont appelé «Congo belge». Mon histoire commence en 1885 à la conférence de Berlin. Les puissances coloniales se réunissent pour se partager un gâteau. Le butin s'appelle «Afrique». Un monsieur du nom de Léopold II va avoir un gros morceau à lui tout seul. Il l'appellera «EIC (État indépendant du Congo)» …

– Vous n'allez tout de même pas me donner un cours d'histoire, monsieur …

– N'ayez pas peur, madame, je serai bref sur ce point, je ne fais que planter le décor.

– Faites un effort pour passer à l'essentiel …

8 **par conséquent:** folglich. | 18 **les ancêtres** (m. pl.): Vorfahren. | 20 f. **le butin:** Beute, Beutegut. | 27 **planter le décor** (loc.): hier: die Hintergründe schildern.

– … J'en étais à Léopold II … oui, il envoie ses agents au Congo et ils imposent à mes aïeux des cultures industrielles dont les autochtones ne voyaient pas l'importance. Il faut produire tel produit, en telle quantité … Dans des cas extrêmes, certains se virent couper la main droite parce qu'ils n'avaient pas atteint le quota de production exigé! Lorsque les Anglais, à travers la presse, dévoilèrent l'attitude des agents de Léopold II au Congo, le monde entier cria au scandale. La Belgique indignée dut contraindre son roi à lui céder le Congo. L'EIC devint le Congo belge. Nous sommes en 1908.

La Belgique diversifia les activités dans la colonie et se mit entre autres à exploiter les minerais. L'Union minière s'installa au Katanga.

La densité de la population au Katanga ne permit cependant pas à l'Union minière d'y trouver de la main-d'œuvre en nombre suffisant. Les Belges durent faire appel aux Kasaïens du centre du pays et même aux étrangers du Rwanda et du Malawi. Vous avez fait la même chose ici pour les mines de charbon. Les conditions de travail, le salaire de misère de l'époque firent que les autochtones eurent des difficultés à s'adapter au travail. Certains se retirèrent dans

2 **les aïeux** (m. pl.): Vorfahren. | 3 **un autochtone:** Ureinwohner. | 5 **ils se virent:** p. s. von *se voir.* | 7 **dévoiler qc** (p. s.: *ils dévoilèrent*): etwas aufdecken, öffentlich machen. | 9 **indigné, e:** entrüstet. | **dut:** p. s. von *devoir.* | **contraindre qn à qc:** jdn. zu etwas zwingen. | 13 **exploiter les minerais** (m.): Erz abbauen. | **minier, -ière:** Bergbau… (*Union minière du Haut-Katanga:* belgische Bergbaugesellschaft im Kongo zwischen 1906 und 1966). | 15 **la densité:** Dichte. | **la population:** Bevölkerung. | 16 f. **la main-d'oeuvre:** Arbeitskräfte. | 17 f. **les Kasaïens:** Einwohner der Provinz Kasaï (dt. auch Kasai) in der Demokratischen Republik Kongo. | 21 **ils eurent:** p. s. von *avoir.* | 22 **s'adapter:** sich anpassen.

leurs villages sans se rendre compte qu'ils fuyaient en même temps les écoles, les hôpitaux et les centres sociaux que les Belges avaient construits pour les travailleurs et leurs familles. Des décennies plus tard, le grand nombre d'intellectuels kasaïens au Katanga fit des jaloux. Sur le plan politique, tout le monde s'accorde pour dire qu'il ne faut pas que le pouvoir au Zaïre aille à ce peuple-là. Ils sont déjà ce qu'ils sont, sans le pouvoir!

Le malheur? Ils sont les boucs émissaires pour expliquer les échecs. Mobutu dirige mal le pays, c'est la faute des Kasaïens! Les Katangais pillent les richesses de l'entreprise, c'est la faute aux Kasaïens …

Au moment où tout le pays se met d'accord pour renverser la dictature, Mobutu a trouvé une carte à jouer: il a demandé aux Katangais de chasser les Kasaïens … peut-être parce que, quelque part, l'opposant le plus irréductible au Zaïre s'appelle Tshisekedi.

– Quel rapport? intervient la juriste, Tshisekedi est à Kinshasa et non au Katanga?

– D'accord, mais il est de la même ethnie que ceux que l'on maltraite au Katanga, non?

– D'accord, je vois … et vous là-dedans?

– C'est pour vous dire que je suis Kasaïen. En ce moment, il y a une épuration ethnique au Katanga contre les Kasaïens. Il faut qu'ils partent tous! Ils ont été renvoyés de leurs maisons … ils ont perdu leur travail … Kolwezi et

5 **il fit:** p.s. von *faire.* | **jaloux, -ouse:** eifersüchtig. | 9 **le bouc émissaire:** Sündenbock. | 10 **un échec:** Misserfolg. | 11 **piller:** plündern. | 15 **chasser qn:** hier: jdn. vertreiben. | 16 **irréductible:** unbezwingbar. | 21 **maltraiter qn:** jdn. misshandeln. | 24 **une épuration ethnique:** ethnische Säuberung, Genozid.

Likasi ont mis dehors leurs Kasaïens … Ils sont dans des gares, parqués comme du bétail. À la gare de Likasi, la mortalité a été stabilisée à dix-sept morts par jour.

– D'accord, monsieur, mais parlez-moi de vous.

– Excusez-moi, madame, je suis tellement habitué à défendre les autres que j'oublie de parler de moi. Eh bien, j'avoue que moi je viens de la capitale de la province. Il y a eu chez nous des tentatives de chasse aux Kasaïens, mais qui n'ont pas abouti. Mais il se fait que je suis journaliste, je n'ai pas attendu que les événements se généralisent pour les dénoncer à la face du monde. J'ai fait un reportage, j'ai écrit des articles pour dénoncer ce que j'ai vu et cela a déplu à pas mal de gens. Je suis considéré comme un témoin gênant. Je dois me cacher si je veux vivre heureux.

– Pouvez-vous donner des preuves de vos affirmations?

Masikini remit sa carte de presse, ses publications, des articles décrivant les conditions terribles dans lesquelles se trouvaient les Kasaïens au Katanga. Il cita des personnalités importantes pouvant témoigner en sa faveur …

Bien que convaincue, la juriste avait du mal à comprendre comment un Kasaïen pouvait être traité d'étranger dans son pays et surtout dans la ville où il était né. Masikini lui expliqua que c'était là le malheur de l'Afrique. Tu as beau être né quelque part, on te rappellera que tes ancêtres

2 **le bétail:** Vieh. | 8 **la tentative:** Versuch. | 9 **aboutir** (*à qc*): zustandekommen, Erfolg haben. | 11 **dénoncer qc:** etwas anprangern. | 13 f. **un témoin gênant:** lästiger Zeuge. | 15 **la preuve:** Beweis. | 20 **en sa faveur:** zu seinen Gunsten, für ihn. | 24 f. **tu as beau être né quelque part:** (sinngemäß:) obwohl du dort geboren bist (*avoir beau faire qc:* sich vergeblich bemühen, etwas zu tun).

étaient venus d'ailleurs. Le jour où les Africains sauront relativiser les liens de sang, ils cesseront de se référer à leur groupe d'origine et ils se préoccuperont plus des problèmes de développement.

– Aviez-vous expliqué tout ça à l'Office des étrangers? demanda la juriste.

– Bien sûr, madame, j'ai tout dit, avec peut-être moins de détails, mais ils savent tout, ils avaient aussi toutes les preuves.

– Et ils ont trouvé irrecevable votre dossier!

– Que voulez-vous? Il semble qu'ils refusent presque tout le monde.

– Bon, je pense en avoir fini avec vous. Nous vérifierons vos déclarations et déciderons dans quelques semaines.

– Je compte sur votre bonne volonté, madame …

– Il n'est pas question de bonne volonté, monsieur, j'essaie de faire mon travail avec conscience; vous aurez la réponse que vous méritez.

La dame semblait fatiguée, elle avait noté sur vingt pages les déclarations de Masikini. Elle se leva et lui souhaita bonne chance avant de le reconduire vers la sortie.

Du côté de la salle d'attente, Masikini vit une jeune fille qui pleurait parce qu'elle ne voulait pas affronter seule les juges. Elle avait payé un avocat et celui-ci n'avait pas trouvé opportun de se présenter ce jour-là.

2 **les liens** (m.pl.) **de sang:** Blutsbande, Verwandtschaft. | **se référer à qc:** sich auf etwas berufen. | 4 **le dévéloppement:** Entwicklung. | 10 **irrecevable** (jur.): nicht annehmbar. | 13 **vérifier qc:** etwas überprüfen. | 14 **la déclaration:** Aussage. | 17 **avec conscience:** gewissenhaft. | 18 **mériter:** verdienen. | 23 **affronter qn:** jdm. gegenübertreten. | 24f. **trouver opportun:** für angezeigt halten.

– Tu n'es pas la seule, essayait de l'encourager un jeune homme, moi aussi mon avocat n'est pas venu. Il a eu l'argent qu'il avait exigé, il m'a aidé à rédiger le recours et il estime ne rien me devoir!

Le drame avec ces fameuses démarches, c'était que personne ne pouvait dire quand il aurait une réponse. Certains attendaient cinq ans là où d'autres étaient fixés au bout de quelques mois. En attendant, on vit dans l'angoisse et la peur d'être expulsé. Ceux qui ont laissé derrière eux femme et enfants sont les plus malheureux. Que dire à une pauvre femme africaine qui attend sagement son mari? Que répondre aux enfants qui se demandent si papa les a abandonnés?

1 **encourager qn:** jdn. ermutigen; hier: trösten. | 3 **rédiger qc:** etwas verfassen, aufsetzen. | 4 **estimer:** meinen, der Meinung sein. | 5 **les démarches** (f. pl.): hier: Prozedere des Asylgesuchs (*la démarche:* Schritt). | 11 **sagement:** brav. | 13 **abandonner qn:** jdn. im Stich lassen.

5. Masikini n'a d'autre choix que d'attendre

Masikini avait l'impression que les jours filaient vite, non parce qu'il était heureux, mais parce qu'à chaque fin de mois il fallait qu'il paie son loyer. Il était loin de son pays, il devait apprendre qu'en Belgique, on ne peut rien entreprendre si l'on n'est pas logé quelque part. Dans les grandes villes, de pauvres Blancs passent la nuit sur les bouches de métro. Il y en a qui meurent de froid en hiver. Pour pouvoir se loger, il faut trouver un emploi; pour travailler, il faut avoir un domicile!

Masikini n'avait plus de source de revenu, il lui fallait cependant s'acquitter de son loyer. Pendant trois mois, il put s'en sortir, puis ce fut difficile. La réponse du Commissariat général aux réfugiés et apatrides traînait et, entre-temps, il n'avait pas le droit de travailler.

– Va demander de l'aide aux services sociaux, lui conseilla un voisin de chambre. N'oublie pas de téléphoner avant d'y aller.

En Europe, rien n'est gratuit: une conversation téléphonique, une information, un repas … tout se paie. Masikini, qui n'avait plus que deux cents francs, devait comprimer ses dépenses. Il lui fallait savoir gérer. Dans la cabine téléphonique, il fallait qu'il mette des sous dans l'appareil pour pouvoir appeler. Au premier numéro, le répondeur auto-

4 **le loyer:** Miete. | 7 f. **une bouche de métro** (m.): U-Bahn-Schacht. | 11 **une source de revenu** (m.): Einkommensquelle. | 12 **s'acquitter de qc:** etwas zahlen. | 21 f. **comprimer ses dépenses** (f. pl.): seine Ausgaben reduzieren. | 22 **gérer** (*son argent*): (mit seinem Geld) umgehen, können.

matique lui répondit: «Veuillez retéléphoner plus tard.» En attendant, il avait perdu vingt francs. Au deuxième appel, une brave dame lui répondit:

– Veuillez patienter, monsieur, je suis à vous dans un instant.

L'attente lui parut une éternité. Les unités filaient, il lui fallait ajouter des pièces d'argent alors qu'il n'en avait pas suffisamment.

– Je ne peux pas résoudre à distance votre problème, monsieur, il faut que vous passiez à notre bureau.

Le rendez-vous fut pris. Monsieur Masikini prit le bus, il chercha et trouva le centre où il pouvait être secouru. L'assistant social l'écouta avec attention. Masikini répondit aux questions comme s'il était devant un juriste.

– J'ai bien compris votre histoire, monsieur. Rentrez chez vous, nous vous enverrons quelqu'un pour une enquête sociale à votre adresse.

Pour rentrer à son domicile, Masikini empruntait un tram, un métro et un bus. Alors que ces moyens de transport sont gérés par une même société et que le titre de transport est valable pour une heure au moins, Masikini avait l'habitude de payer un autre billet à chaque fois qu'il changeait de moyen de transport. De toutes les façons, c'est

1 **veuillez retéléphoner plus tard:** rufen Sie bitte später nochmals an. | 6 **une éternité:** Ewigkeit. | **les unités filaient:** (sinngemäß): das Telefonguthaben schmolz dahin. | 8 **suffisamment:** genug (adv. zu *suffisant, e*). | 12 **secourir qn:** jdn. retten, jdm. helfen. | 16 **envoyer** (futur: *nous enverrons*): schicken. | 16 f. **une enquête sociale:** Prüfung der sozialen Verhältnisse durch einen Sozialarbeiter. | 18 f. **emprunter un tram:** Straßenbahn/Tram nehmen. | 19 **le moyen:** Mittel. | 20 f. **le titre de transport** (m.): Ticket, Billet.

comme cela que les choses se passent dans son pays. N'ayant plus suffisamment d'argent ce jour-là, il parcourut une longue distance à pied alors que son billet lui permettait d'aller jusque chez lui. Et dire qu'il y en a qui pensent que les Africains ne sont rien d'autre que des tricheurs.

Au coin de la rue, il vit un malade mental. Il s'arrêta pour observer. Un Blanc fou? C'était la première fois qu'il voyait ça. L'image du Blanc qui lui avait été léguée par le colonisateur en prit un coup. Plus loin, un autre demandait de l'argent en même temps qu'il somnolait à côté d'un chien. Une chose qu'il admira quelque peu, c'était l'absence apparente de frustration sur le visage de celui qui vous demande de l'argent et à qui vous ne donnez rien. Tout au plus, il dit merci. En Afrique, certains mendiants se fâchent quand ils ne reçoivent rien. Ils vous traquent et peuvent même aller jusqu'à vous saisir la jambe pour que vous ne partiez pas. Lorsqu'ils se rendent compte qu'il n'y a vraiment rien à tirer de vous, ils vous insultent, ils vous font la morale. Masikini se souvint de l'un d'entre eux qui lui avait dit: «Apprenez à partager, monsieur, on ne vous enterrera pas avec votre argent. Et le SIDA qui est en train de venir, qu'est-ce que vous en ferez? …»

Un autre mendiant, un albinos d'une douzaine d'années, lui, ne s'adressait le plus souvent qu'aux femmes enceintes. À celle qui refusait de l'aider, il disait: «Vous allez voir, l'en-

5 **le tricheur:** Betrüger. | 8 **léguer qc à qn:** jdm. etwas hinterlassen, vererben. | 9 **en prendre un coup** (fam.): einen Schlag abbekommen, hart getroffen werden. | 10 **somnoler:** vor sich hindösen. | 14 **le mendiant:** Bettler. | 15 **traquer qn:** jdn. verfolgen. | 16 **saisir:** packen. | 18 **insulter qn:** jdn. beschimpfen, beleidigen. | 20 **enterrer qn:** jdn. beerdigen. | 21 **le sida** (SIDA): Aids. | 24 **enceinte:** schwanger.

fant que vous portez sera comme moi ...» et les femmes superstitieuses lui donnaient de l'argent.

Masikini était aussi étonné de voir que certains musiciens de talent chantent dans le métro et n'arrivent pas à s'organiser pour faire des disques et les vendre. De temps en temps, il s'arrêtait devant un édifice non habité et se demandait comment il pouvait y avoir des sans domicile fixe en Belgique. Plus tard, un ami lui dit: «Ne te fais pas de bile pour nos pauvres, on leur donnerait le minimum d'argent pour vivre dans la dignité, qu'on en retrouverait encore à la rue ... Tu remarqueras qu'il n'y a pas de Noirs parmi les mendiants que l'on voit aux coins de nos rues. Ils ne sont pourtant pas si nantis que ça, les braves Africains.»

Ah oui! le problème est complexe, en effet. Des fois, si pas souvent, l'alcoolisme et la drogue s'en mêlent.

Une fois chez lui, Masikini se mit à faire la cuisine. Il était de ceux qui s'adaptent assez facilement à un nouveau régime alimentaire. À la guerre comme à la guerre, il mangeait comme un scout dans un camp.

Les nouvelles à la radio n'étaient pas bonnes. L'Afrique était secouée par les démocraties naissantes. C'était bel et bien fini le temps des dictatures, mais les douleurs de l'enfantement de la démocratie semblaient, pour certains pays,

1 f. **superstitieux, -euse:** abergläubisch. | 6 **un édifice:** Gebäude. | 7 f. **un sans domicile fixe** (SDF): Obdachloser. | 8 f. **ne te fais pas de bile** (fam.): mach dir keine Sorgen (*la bile:* Galle). | 13 **nanti, e:** reich. | 15 f. **si pas souvent:** wenn nicht sogar oft. | 19 **le régime alimentaire:** Essgewohnheiten. | **à la guerre comme à la guerre** (loc.): (sinngemäß) in harten Zeiten nimmt man's, wie's kommt. | 22 **secouer qc/qn:** jdn./etwas schütteln, durchschütteln. | 23 f. **un enfantement:** Geburt, Entstehung.

insoutenables. Ce qui est grave, c'est que bien souvent l'Afrique n'est qu'une scène où se joue un théâtre dont les auteurs, les metteurs en scène et les souffleurs sont ailleurs. Et l'on s'étonne qu'il y ait sur le chemin de l'exil des hommes à la recherche d'un havre de paix.

La télévision l'agaçait: trop de publicité, trop de sexe, abus de la liberté … Masikini ne comprenait pas pourquoi la moindre publicité devait être associée au corps de la femme. Il venait d'un continent où le combat pour la liberté de la femme est encore à faire, mais il ne s'attendait pas à ce qu'au Nord, la femme ne puisse être valorisée qu'en fonction de son corps. Il comprenait pourquoi la femme blanche se donne tant de mal pour maigrir, pour ne pas avoir de rides. Pas étonnant qu'à partir de quarante ans, certaines piquent des crises dues au refus de l'âge qui pourtant vient.

Au Sud, les canons de la beauté sont différents. Prendre du poids symbolise la réussite sociale. Lorsqu'une femme est maigre, sa famille peut venir voir son mari et lui dire avec mépris: «Si tu n'as pas de quoi nourrir notre fille, eh bien elle a encore de la place chez nous …» Un bébé qui prend du poids, on l'appelle «bébé santé». L'embonpoint

1 **insoutenable:** unerträglich, schrecklich. | 3 **le metteur en scène:** Regisseur; hier: Drahtzieher. | **un souffleur / une souffleuse:** Einflüsterer; hier: Hintermann. | 5 **un havre de paix:** Oase des Friedens, Zufluchtsort. | 6 **la publicité:** Werbung. | 7 **un abus:** Missbrauch. | 11 **valoriser qn:** jdm. einen Wert zuerkennen, jdn. anerkennen. | 14 **la ride:** Runzel, Falte. | 15 **être dû, due à qc:** von etwas herrühren/kommen, auf etwas zurückzuführen sein. | **le refus:** Weigerung; hier: Angst (vor dem Altern). | 17 **le canon de la beauté:** Schönheitsmaßstab. | 18 **la réussite:** Erfolg. | 20 **le mépris:** Verachtung. | 22 **l'embonpoint** (m.): Körperfülle, Wohlstandsbauch.

d'un homme est le signe des aptitudes culinaires de sa femme. Tout cela est subjectif, bien sûr, le poids n'est pas synonyme de santé, mais l'on ne va tout de même pas se faire du mauvais sang parce qu'on a un kilo de trop ou parce qu'on a fêté un anniversaire de plus.

Masikini croyait que l'assistant passerait avant la nuit tombante, mais ce jour-là il ne vint pas! Il était patient, cependant, et le deuxième jour il se dit: «Ne pas bouger surtout», de crainte qu'il passe en son absence. Il se rendit compte à quel point un simple calendrier peut devenir un objet de torture: les jours filent et à la fin du mois, il faut payer. Chaque nuit apporte un jour nouveau. Au lieu de dormir, on fait des cauchemars. La dette s'alourdit et on se demande comment on va faire pour la liquider.

Pendant qu'on attend l'homme qui doit venir, le temps passe vite. Onze heures ... Midi ... «Il viendra sans doute cet après-midi ... Quinze heures ... Seize heures ... plus d'espoir. C'est sûrement pour demain», s'encourage-t-il.

Le jour suivant est comme la veille. Que faire, mon Dieu? Aller jusque là? Et s'il venait pendant que je suis sorti? Patience ...

Masikini attendit vainement pendant quatre jours. Au cinquième, il emprunta cent francs et téléphona au centre:

– Allô! Puis-je parler à l'assistante sociale s'il vous plaît?

– Elle est occupée monsieur, rappelez dans un quart d'heure.

1 **l'aptitude** (f.) **culinaire:** Kochkunst. | 4 **se faire du mauvais sang** (loc.): Gewissensbisse haben, sich Sorgen machen. | 11 **la torture:** Folter. | 13 **la dette:** Schulden. | **s'alourdir:** zunehmen. | 18 **s'encourager:** sich Mut zusprechen, sich selbst aufmuntern. | 19 **la veille:** Vortag. | 22 **vainement:** vergeblich (adv. zu *vain, e*).

Facile à dire! Rappelez! Mais à l'autre bout du fil, c'étaient peut-être les derniers vingt francs!

Un quart d'heure plus tard, Masikini rappela.

– Un moment, monsieur, lui répondit-on.

Pendant quelques minutes qui lui parurent une éternité, le téléphone lui envoya de la musique. Les unités passaient, il fallait ajouter de l'argent. Enfin, une voix:

– Que puis-je faire pour vous, monsieur?

– Je m'appelle Masikini, vous aviez promis que quelqu'un viendrait me voir …

– Ah oui! je me souviens, ne perdez pas patience, monsieur, il finira par venir.

– Puis-je savoir le jour et l'heure de la visite?

– Ah non! il s'agit d'un bénévole, nous ne pouvons pas lui imposer un horaire, et puis il a son travail.

– Si je demande quel jour il vient, c'est pour pouvoir l'attendre …

– Je regrette, monsieur, je ne peux pas faire autrement.

La communication s'interrompit, Masikini n'avait plus d'argent pour mettre dans l'appareil.

Un proverbe africain dit: «Quand on est déjà mort, on ne peut pas craindre de pourrir.» Au point où il en était, Masikini n'avait plus d'autre choix que celui d'attendre. Il se souvint que dans son pays, il lui était arrivé d'écouter les gens en détresse et bien souvent, il lui arrivait de mettre la main à sa poche. En Europe, les choses se passent autre-

13 **puis-je savoir:** dürfte ich bitte wissen. | 14 **le/la bénévole:** freiwillige(r) Helfer(in). | 15 **imposer qc à qn:** jdm. etwas aufzwingen. | **un horaire:** Zeitplan. | 21 **le proverbe:** Sprichwort. | 22 **pourrir:** verfaulen. | 25 **la détresse:** Not. | 22 **pourrir:** verfaulen. | 25 f. **mettre la main à la poche** (loc.): hier: jdm. finanziell aus der Patsche helfen.

ment. Il faut suivre les normes, attendre de prendre rendez-vous lundi si l'on est samedi, attendre l'enquête … mais il faut le reconnaître, quand vient l'aide, elle est efficace.

Masikini attendit encore pendant quatre jours avant de se résoudre à appeler une fois de plus:

– Allô! C'est monsieur Masikini? … Ah oui, la personne n'est pas venue parce qu'au cours de notre réunion, nous avons malheureusement décidé de ne pas intervenir en votre faveur.

– Vous ne pouviez pas me le dire plus tôt? Mais pourquoi m'avez-vous donné de l'espoir? Pourquoi m'avoir fait venir jusque chez vous? … avoir constitué un dossier?

Il ne put avoir de réponses à ses interrogations, il n'avait plus de monnaie à glisser dans l'appareil téléphonique.

Le fameux centre n'était pas obligé de l'aider … mais lui avoir donné tant d'espoir … Masikini était révolté, il était en colère contre les centres où l'on sait bien que l'on ne peut pas grand-chose pour les pauvres mais où l'on vous appelle quand même, probablement pour se donner l'illusion de travailler. Sinon, comment peut-on faire dépenser à quelqu'un les derniers sous qui lui restent tout en sachant qu'on ne peut rien pour lui?

Ne pas se décourager, se dit-il. Frapper à une autre porte, mais laquelle?

6 **se résoudre à qc:** sich zu etwas entschließen. | 10 **en votre faveur:** zu Ihren Gunsten, für Sie. | 13 **constituer qc:** etwas erstellen. | 22 **tout en sachant:** obwohl man weiß.

6. Jalousie et racisme

Quelqu'un lui avait parlé du centre protestant. Il s'y rendit et fut reçu par une assistante sociale dont il n'oubliera pas le nom. Marie-Christine lui conseilla de quitter la chambre qu'il louait. Elle promit de lui trouver une place dans une maison d'accueil à Braine-le-Comte. Pendant qu'il parlait avec elle, le téléphone n'arrêtait pas de sonner. Les gens en difficultés, il y en avait et le rôle de l'assistante semblait se restreindre à l'écoute plus qu'à la recherche de solutions.

À Braine-le-Comte, l'assistante accepta de recevoir Masikini sous réserve de l'écouter préalablement. Masikini ne comptait plus le nombre de fois qu'il avait raconté son histoire.

Le jour où il devait quitter Bruxelles, une étudiante espagnole, voisine de chambre, lui remit une carte sur laquelle on pouvait lire:

«Même si, dans notre monde, il faut parfois être agressif, essaie de l'être de la meilleure façon, je veux croire qu'il y a encore dans ce monde de la place pour la justice et l'amitié. Quand on est juste, il y a des choses que l'on peut faire et s'il faut les faire, il faut les faire bien (j'adore cette phrase). Courage et au plaisir de nous revoir. Sara.»

Masikini rassembla le peu de biens qu'il avait, une voiture l'attendait dehors. Un ami l'accompagna jusqu'à Braine-le-Comte. Le directeur de la maison d'accueil, un homme sympathique, lui souhaita la bienvenue. Il avait un sens de l'humour tel qu'on ne s'ennuyait pas en sa compa-

8 f. **se réstreindre à qc:** sich auf etwas beschränken. | 11 **préalablement:** zuvor, vorgängig.

gnie. L'assistante sociale et les éducateurs l'accueillirent avec joie. On lui présenta la maison et les autres pensionnaires. Sa chambre n'était pas luxueuse, mais c'était sa chambre. Pour une fois, Masikini allait dormir sans penser au calendrier. Les jours pouvaient défiler, Masikini ne redoutait plus un quelconque bailleur.

Lorsque, le soir, il entra dans la cuisine pour préparer son repas, Christine, une jeune femme hutu du Rwanda, s'approcha de lui et dit: «Va t'installer dans la salle de récréation.» Masikini ne se laissa pas prier. Une demi-heure plus tard, la nourriture était prête. Il remercia la jeune femme avant de s'attabler. Le lendemain, un autre pensionnaire, un Tutsi du Burundi d'une vingtaine d'années, vint lui parler: «J'ai vu hier que Christine a préparé ta nourriture, je te préviens, j'aime beaucoup cette femme, si par malheur l'envie te prend de l'aimer, nous allons nous battre.» Masikini lui répondit par un sourire qui trahissait la pitié qu'il éprouvait pour ce pauvre Tutsi. Il avait un âge mental de loin inférieur à son âge physique. «Tranquillise-toi, mon ami, lui dit Masikini, si Christine t'aime, elle est à toi. Je ne suis pas ici pour avoir des maîtresses.»

On l'avait prévenu: la maison d'accueil de Braine-le-Comte abritait des gens fragiles. Il devait donc s'attendre à ce qu'on lui manque de respect et même qu'on lui prête des

1 **un éducateur:** Erzieher; hier: Sozialpädagoge. | 3 **luxueux, -euse:** luxuriös. | 6 **quelconque:** irgendein. | **le bailleur:** Vermieter. | 12 **s'attabler:** sich zu Tisch setzen. | **le lendemain:** am folgenden Tag. | 15 **prévenir:** warnen. | 16 **l'envie** (f.): Lust. | 17 **trahir:** verraten. | 19 **se tranquilliser:** sich beruhigen. | 21 **une maîtresse:** Geliebte. | 23 **abriter qn:** jdn. beherbergen. | 24 f. **prêter des intentions à qn:** jdm. böse Absichten unterstellen.

intentions. Un jeune Somalien proposa de lui montrer la ville, le jour suivant. Dans la rue, deux cyclistes qui les dépassaient ralentirent l'allure, l'un d'eux cria dans leur direction: «Fainéants!» Le Somalien s'énerva en même temps qu'il s'étonnait de l'attitude impassible de Masikini.

– Tu n'as pas entendu? demanda-t-il à son compagnon.

– Si ...

– Et tu ne dis rien?

– Que veux-tu que je dise? De toutes les façons, ils sont loin et puis ... ils se trompent ... je ne suis pas fainéant, moi ... S'ils lisent mon CV, ils ne vont pas m'insulter ...

– D'accord, mais nous n'allons tout de même pas nous promener avec notre CV collé au dos pour nous faire respecter!

– Pense à autre chose, mon ami ... Ça fait combien de temps que tu vis en Europe?

– Ça n'a rien à voir, monsieur Masikini, nous respectons bien les Européens dans nos pays ...

– Certains ont vécu aussi des expériences pas toujours réjouissantes ...

– Et nous devrions payer?

– Parlons d'autre chose.

La promenade se termina dans un café. Dès qu'ils furent installés, des chuchotements se firent entendre, qui n'avaient rien à voir avec une expression de bienvenue. Le tenancier du bar s'approcha:

– Que voulez-vous?

3 **ralentir l'allure** (f.): Tempo verlangsamen. | 4 **le fainéant / la fainéante:** Faulpelz, Nichtsnutz. | 5 **impassible:** gelassen, gleichmütig. | 11 **le CV** (*curriculum vitae*): Lebenslauf. | 24 **le chuchotement:** Geflüster, Gemurmel. | 26 **le tenancier:** Barkeeper.

– Un jus d'orange, répondit Masikini innocemment.

Son compagnon commanda une bière.

Aussitôt le premier verre vide, le barman s'approcha de leur table et se mit à tirer les rideaux en criant: «Au revoir tout le monde, on ferme.»

Masikini paya la note et dit au revoir. Dès qu'ils eurent franchi le seuil de la porte, les rideaux furent dégagés! Les Africains comprirent qu'on venait de les virer, l'établissement ne fermait pas!

– Tous des racistes, s'écria le Somalien.

– Du calme, mon vieux, du calme, lui dit Masikini.

De retour à la maison, une visite attendait Masikini. Un homme de bien, Michel, membre de la Ligue des droits de l'homme, venait le voir sur la recommandation d'une amie belge. Michel invita Masikini chez lui, ils parlèrent pendant un bon bout de temps. Michel promit de faire ce qui serait en son pouvoir pour aider Masikini dans ses démarches.

Masikini gardait frais dans sa mémoire les bons moments. On avait parfois l'impression qu'il était indifférent à ce qui se disait autour de lui, mais ce n'était qu'une apparence, une façon d'entrer dans une carapace protectrice.

1 **innocemment:** arglos (adv. zu *innocent, e*). | 7 **dégager (les rideaux):** (Vorhänge) aufziehen. | 8 **virer qn:** jdn. rausschmeißen. | 14 **la recommandation:** Empfehlung. | 19 **indifférent, e:** gleichgültig. | 21 **une carapace protectrice:** Schutzpanzer.

7. Quitte ou double

Cette nuit-là, Masikini fit un songe. Il vit sa femme dans son sommeil. Ses enfants étaient contents de le retrouver. Le matin, lorsqu'il se réveilla, il se rendit compte que ce n'était qu'un rêve!

L'envie le prit de téléphoner au Commissariat général aux réfugiés et apatrides. Car il n'y avait rien de plus pénible qu'une attente incertaine. «On vous répondra, monsieur», dit-on aux demandeurs d'asile, mais quand? Personne ne le sait. On dit aussi qu'il n'est pas prudent de harceler les fonctionnaires. À chercher à ce qu'ils vous répondent rapidement, on peut obtenir une réponse négative. Mais se souvenant de l'adage: «Quand on est déjà mort, on ne peut craindre de pourrir», Masikini prit le risque d'appeler:

– Allô!

– Oui!

– Je vous appelle, monsieur, pour savoir si la décision est déjà prise à propos de mon dossier.

– On vous écrira, monsieur, ... De toutes les façons, nous devons vous écouter une seconde fois, vous le savez?

– C'est justement pour cela que je vous appelle monsieur, ne pourriez-vous pas traiter mon dossier urgemment, s'il vous plaît?

– C'est possible, monsieur, mais avez-vous envisagé les risques?

1 **quitte ou double:** alles oder nichts. | 2 **le songe:** Traum. | 7f. **pénible:** mühsam. | 10 **prudent:** vorsichtig; hier: ratsam. | 11 **harceler:** bedrängen, belästigen. | 12 **obtenir:** erhalten. | 13 **un adage:** Sinnspruch, Lebensweisheit. | 23f. **urgemment:** dringend (adv. zu *urgent, e*).

– Les risques?

– Oui, les risques … car traiter votre dossier en urgence signifie que l'on vous refuserait dans quelques semaines s'il le faut, alors qu'en laissant le tout se dérouler normalement, on peut vous expulser dans quelques années …

– Oui, mais dans le meilleur des cas, si mon dossier est bon, vous pourriez aussi m'accepter dans quelques semaines, ce qui me permettrait de faire venir ma femme et mes enfants.

– Vous êtes optimiste, monsieur, savez-vous que la probabilité d'être accepté est de moins de dix sur cent?

– Je sais …

– Et vous voulez malgré tout que votre dossier soit traité en urgence?

– C'est ce que je veux, répondit Masikini, confiant en l'avenir.

– À vos risques et périls, monsieur, dictez-moi vos coordonnées.

Masikini se demanda à la fin s'il n'en faisait pas trop. Il se consola pourtant en reconnaissant qu'il était incapable de se séparer des siens pendant plus de trois ans. L'évolution politique dans son pays laissait d'ailleurs augurer des jours sombres.

Généralement, la seconde audition permettait aux juges de relever les contradictions dans les déclarations des candidats, mais lorsqu'on avait un dossier sérieux, l'on n'avait rien à craindre.

10 f. **la probabilité:** Wahrscheinlichkeit. | 13 **malgré tout:** trotz allem. | 15 **confiant, e:** zuversichtlich. | 17 f. **les coordonnées** (f. pl.): Kontaktdaten, Adresse. | 19 f. **se consoler:** sich trösten. | 22 **laisser augurer qc:** auf etwas schließen lassen, etwas vorausahnen. | 23 **sombre:** dunkel.

8. Rencontre avec une Pakistanaise

Dans le train du retour, une jeune femme à la peau sombre vint s'asseoir à côté de lui. Elle était fine et belle.

– Bonjour, fit-elle à l'intention de Masikini qui se demandait si c'était vraiment à lui que la jeune femme s'adressait.

– Bonjour, dit-il timidement.

– Vous avez l'air étonné que je vous parle? enchaîna la femme. Puis-je vous demander d'où vous venez?

– Nous pouvons nous tutoyer. Je m'appelle Masikini, je viens du Zaïre.

– Un grand pays … il pourrait devenir une grande puissance si l'on vous laissait faire …

– Oui, hélas! Et toi, tu viens d'où?

– Je viens du Pakistan, mais je dois avouer que je vis en Belgique depuis l'enfance et que je ne connais pas grand-chose de mon pays.

– Tu comptes y retourner un jour?

– Peut-être en touriste … je suis trop vieille et trop émancipée pour y vivre heureuse.

– Trop vieille, dis-tu?

– Trop vieille, mon ami. Dans mon pays, à vingt-six ans l'on est trop vieille pour trouver un mari. Les hommes n'épousent que les petites vierges. Si j'y retourne, ça sera pour y être marginalisée …à moins de tricher …

– Tricher?

– Ah oui, il arrive que les parents trichent pour marier les vieilles filles comme on dit là-bas. Tu sais que tout est

8 **enchaîner:** (Gespräch) fortfahren. | 25 **tricher:** schummeln. | 28 **une vieille fille:** alte Jungfer.

sacré chez nous … même le mariage. Le jour de la cérémonie, la famille amène la fille bien couverte, personne ne peut la voir. C'est seulement après la cérémonie religieuse que l'homme découvre sa femme. Il arrive donc, de temps en temps, que le mari se trouve en présence non pas de l'élue de son cœur mais de la sœur de celle-ci, plus âgée bien entendu!

– Et il ne peut pas refuser le mariage? s'étonna Masikini.

– Trop tard, la cérémonie aura déjà eu lieu.

– Quelles sont les relations que tu as gardées avec ta famille du Pakistan?

Le visage de Nishta s'assombrit. Elle avait perdu ses parents depuis belle lurette. En Europe, elle avait été adoptée. Bien que sa nouvelle famille se soit bien occupée d'elle, il lui arrivait de se demander si ses parents étaient effectivement décédés. Elle se demandait si elle n'avait pas été arrachée à une famille pauvre par des gens qui pensent que l'argent donne tous les droits. Lorsqu'on voit, dans les reportages à la télévision, des femmes verser des larmes parce qu'on leur arrache des bébés qui, dit-on, seront mieux en Occident, on ne peut s'empêcher de réfléchir sur le sens de la vie, l'idée du bonheur.

Masikini profita de l'occasion pour apprendre des choses sur les Indiens. Ils évoquèrent le cas de mère Théresa de Calcutta … Le train s'arrêta à Tubize.

– Contente d'avoir fait ta connaissance, monsieur Masikini. Je descends ici.

12 **s'assombrir:** sich verfinstern. | 13 **depuis belle lurette:** vor langer Zeit, seit langem. | 16 **décédé, e:** verstorben. | 21 **l'Occident** (m.): westliche Welt. | 24 **évoquer qc:** etwas zur Sprache bringen, in Erinnerung rufen.

– Dommage! Tout le plaisir était pour moi … j'espère que nous nous reverrons.

– Pourquoi pas? Tu as de quoi noter? Je te dicte mon adresse et mon numéro de téléphone.

Le train s'ébranla. Une fille blanche vint occuper la place de Nishta. Masikini lui jeta un coup d'œil discret. Elle répondit par un sourire mécanique, sortit son journal et s'y engouffra.

Masikini sourit en relisant les coordonnées de Nishta. Elle était vraiment brave pour lui donner ainsi son adresse. L'une des leçons qu'il avait apprises depuis qu'il était en Europe, c'est que les gens ne donnent pas leur numéro de téléphone comme on le fait en Afrique. Dans le Sud, c'est comme si l'on se disait: «À quoi sert-il d'avoir un téléphone si les autres ne savent pas que je l'ai?» C'est donc à tour de bras que l'on distribue les cartes de visite. Demandez où habite quelqu'un en Afrique, l'interlocuteur ira vous accompagner jusqu'à la maison. Et c'est tout fier qu'il dira à celui que vous allez visiter: «Il vous cherchait et je suis venu lui montrer où vous êtes» … Il n'y a que les malfaiteurs qui cacheraient leurs adresses.

Quant aux visites improvisées, ne vous en étonnez pas, les Africains souvent vous répondent: «Je suis venu sans vous prévenir parce que je voulais vous faire une

5 **s'ébranler:** sich in Bewegung setzen, anfahren. | 8 **s'engouffrer dans un journal:** hier: sich hinter einer Zeitung verschanzen (*s'engouffrer dans qc:* in etwas hineinstürzen/-strömen). | 15 **à tour de bras:** massenhaft; hier: bei jeder Gelegenheit, ohne zu zögern, überall. | 17 **un interlocuteur / une interlocutrice:** Gesprächspartner(in). | 20 **le malfaiteur / la malfaitrice:** Übeltäter(in), Verbrecher(in). | 22 **quant à …:** was … betrifft. | 24 **sans prévenir:** ohne Ankündigung, spontan.

surprise agréable» ... Ainsi donc, trois Marocains qui s'apprêtent à prendre le thé apporteront quatre tasses: on ne sait jamais, quelqu'un d'autre pourrait s'ajouter au groupe. En Afrique noire, un proverbe dit: «Là où il y a à manger pour deux, il y en a pour trois.»

Le train s'arrêta à Braine-le-Comte. Masikini éprouva en arrivant à la maison d'accueil un sentiment semblable à celui qu'il ressentait quand il revenait du travail dans son pays. Le personnel, les autres pensionnaires étaient contents de le voir. Tout le monde voulait savoir comment l'audition s'était déroulée au CGRA. Masikini se sentait en famille.

Le sommeil tardait à venir. Masikini se souvint du cri de Rafael Amor:

> *... Ne m'appelle pas* étranger. *Tous, nous pleurons avec la même voix et partageons la même fatigue, que nous traînons derrière nous depuis le commencement des temps. Quand les frontières n'existaient pas encore, bien avant l'existence de ceux qui divisent et tuent, de ceux qui vendent nos rêves ...*
>
> *Ne m'appelle pas* étranger. *Regarde ton fils courir avec le mien, main dans la main, jusqu'au bout du chemin. Ne m'appelle pas* étranger. *Regarde-moi dans les yeux ... et tu verras que, moi aussi, je suis un être humain. Je ne peux être un* étranger.

2 **s'apprêter à faire:** sich anschicken, etwas zu tun. | 11 **CGRA:** ***C****ommissariat* ***g****énéral aux* ***r****éfugiés et* ***a****patrides.* | 14 **Amor:** Rafael Amor: uruguayischer Sänger. Originaltitel seines Liedes: *No me llames extranjero.* | 19 **diviser:** hier: spalten, entzweien.

9. Trouverai-je à votre table un peu d'espace et d'amitié?

Au stade où il en était dans ses démarches, Masikini pouvait quitter la maison d'accueil et s'installer dans un logement indépendant. Il s'agissait là d'une étape importante dans l'intégration en Belgique. Cette fois-ci, il fallait affronter la population, trouver un logement, se sentir membre d'une société aux prises avec ses propres difficultés.

La coutume veut que celui qui cherche à se loger lise les annonces dans le journal, qu'il téléphone avant de visiter l'appartement si on lui en donne l'occasion.

– Allô! Est-ce vous, monsieur, qui avez mis une annonce dans le journal à propos d'un appartement à louer?

– Oui, vous pouvez le visiter le week-end … nous verrons le reste après.

– D'accord, puis-je passer samedi vers seize heures?

– Pas de problème, monsieur … au revoir.

Lorsque Masikini se présenta le jour convenu, le bailleur ne cacha pas sa surprise. Il ne s'attendait pas à voir un homme de couleur!

– Excusez-moi, monsieur, finit-il par articuler avec gêne, l'appartement est déjà loué à quelqu'un d'autre.

– C'est impossible, monsieur, il était prévu que je vienne le visiter!

– Oui, mais il y a une personne qui est venue avant vous.

Masikini rentra donc bredouille. Le directeur de la mai-

5 **indépendant, e:** unabhängig, selbstständig. | 8 **être aux prises avec qc:** mit etwas kämpfen, ringen. | 9 **la coutume:** Brauch. | 18 **le jour convenu:** am vereinbarten Tag. | 21 **la gêne:** Verlegenheit, Unbehagen. | 22 **loué, e:** vermietet. | 26 **rentrer bredouille:** leer ausgehen.

son lui dit: «La prochaine fois que tu vois une annonce intéressante, tu me fais signe, je ferai pour toi le nécessaire.»

Avec beaucoup de patience, Masikini finit par trouver, grâce à l'aide de ses connaissances, un logement dans une autre province. On trouvait bien en Belgique des bailleurs qui ne se préoccupaient pas de la couleur de la peau. Masikini alla voir et conclut le marché. Il dit au revoir à ses amis de Braine-le-Comte et poursuivit son errance en Belgique.

Ses nouveaux voisins, tous plus jeunes que lui, l'accueillirent avec enthousiasme. Mais les jours qui suivirent furent tout de même insoutenables pour Masikini. La plupart du temps, chacun de ses voisins restait dans sa chambre en train de siroter un verre de bière devant la télévision.

Relatant pour lui-même ses premiers jours dans un village du Brabant wallon, Masikini avait écrit dans son journal: «Pour une fois que j'avais un logement indépendant en Europe, le silence autour de moi me fit très mal. Habitué à entendre les querelles de mes enfants, j'avais du mal à supporter ce calme qui accentuait ma solitude. J'ai essayé d'écouter de la musique, elle m'a rendu plus triste encore. Chaque cassette me rappelait chacun de mes enfants, car ils n'avaient pas les mêmes préférences. Dans la voiture, nous ne nous mettions pas toujours d'accord sur les chansons à écouter.

4 **grâce à qc/qn:** dank einer Sache/Person. | 6 **se préoccuper de qc:** sich um etwas sorgen, sich mit etwas beschäftigen. | 7 **conclure le marché:** Geschäft abschließen. | 8 **l'errance** (f.): Irrfahrt, Odyssee. | 14 **siroter:** schlürfen. | 15 **relater qc:** etwas erzählen, berichten. | 16 **le Brabant wallon:** Wallonisch-Brabant (belgische Provinz im Süden Brüssels). | 18 **le silence:** Ruhe, Schweigen. | 19 **la querelle:** Streit.

J'ai pris alors ma chaise et je suis allé m'installer dehors, en dessous d'un arbre. J'espérais que mes voisins suivraient mon exemple et que nous allions jouer aux cartes comme on fait en Afrique après une journée harassante de travail. Il ne m'a pas fallu longtemps pour me rendre compte que je me trompais. Mes voisins étaient bel et bien à l'aise chacun devant son poste. Ils connaissaient par cœur les programmes et étaient capables de suivre les journaux des différentes chaînes de télévision» …

Un autre sentiment qui avait tenaillé Masikini fut celui de l'anonymat: on aurait dit qu'il avait perdu jusqu'à son nom propre. Désormais, on le désignerait par un nom commun! On dirait à son passage: «T'as vu le Black qui passe?» … «le nègre» … «l'étranger»! En le croisant, une vieille dame tiendrait fermement son sac à main. Une jeune fille le saluerait surtout pour conjurer le mauvais sort.

Masikini se fit de son milieu une image tout à fait négative. Il fait froid en Europe, les gens y sont toujours pressés, ils ont besoin de silence. S'il fallait payer par les armes la quiétude, certains n'hésiteraient pas. Il arrive d'ailleurs qu'au journal télévisé, l'on parle d'un homme qui a tiré sur des enfants qui auraient troublé son repos ou qui auraient touché à sa voiture! Tenez-vous bien, enfants d'Afrique, une des façons de vous intégrer en Europe, c'est d'apprendre à vous taire.

4 **harassant, e:** anstrengend, erschöpfend. | 6 **être à l'aise:** sich wohlfühlen, ganz entspannt sein. | 10 **tenailler qn** (fam.): jdn. peinigen, quälen. | 16 f. **conjurer le mauvais sort:** Unglück abwenden. | 21 **la quiétude:** Ruhe. | 22 **tirer sur qn:** auf jdn.schießen. | 26 **se taire:** schweigen.

La suite du journal intime parle d'un autre sentiment:

«À ma solitude s'ajoute le sentiment d'inutilité. Qui suis-je dans une Europe qui licencie ses travailleurs et qui délocalise les entreprises? Un pays dans lequel des biens sont jetés à la poubelle alors qu'ils auraient fait la joie des damnés de la terre! …

L'envie me prit d'arrêter les passants pour leur dire mon nom, leur dire que j'existais et que je voulais qu'ils comptent désormais avec moi … Je me foutais de ceux qui me prendraient pour le fou du village, de ceux qui penseraient que, dans ma tête, les boulons ne sont pas bien serrés. J'enfourchai mon vélo et m'en allai dans le village, bien décidé à dire à celui qui voudrait m'entendre que j'étais là, habitant du village, et qu'il fallait compter avec moi désormais.

À la rue du Prince, à la première maison où j'ai sonné, un homme d'une cinquantaine d'années a ouvert une fenêtre. Le regard scrutateur, il se demandait ce que pouvait bien lui vouloir un Black qu'il ne connaissait pas. J'étais conscient de mon toupet dans un pays où les gens pensent que tous les Noirs sortent d'un même moule et où la prudence encourage le quant-à-soi.

– Que voulez-vous? me dit-il.

1 **le journal intime:** Tagebuch. | 2 **l'inutilité** (f.): Nutzlosigkeit. | 3 **licencier qn:** jdn. entlassen. | 4 **délocaliser qc:** etwas ins Ausland verlagern. | 6 **les damnés de la terre:** die Verdammten dieser Erde. | 11 **les boulons** (m. pl.) **ne sont pas bien serrés** (loc.): eine Schraube locker haben (*le boulon:* Schraubenbolzen). | 11 f. **enfourcher qc:** auf etwas steigen. | 17 **scrutateur, -trice:** prüfend, skeptisch. | 19 **le toupet:** Dreistigkeit, Frechheit. | 20 **sortir du même moule** (loc.): sich gleich (oder ähnlich) sein (*le moule:* Form, Abdruck). | 21 **le quant-à-soi:** Zurückhaltung, Reserviertheit.

– Rien, monsieur.

L'homme me regardait avec une telle curiosité, il se disait que j'étais fou. Il hocha les épaules lorsque je lui expliquai que je n'avais pas d'autres intentions que de me faire reconnaître dans le but de me sentir membre de la communauté et de m'y intégrer. Je me présentai brièvement et m'en allai!

Le deuxième Belge chez qui je frappai m'accueillit, lui, avec un peu plus d'enthousiasme.

– Je m'appelle Masikini, originaire du Congo belge …

L'homme m'interrompit et me demanda si je voulais entrer. «Non, lui dis-je, peut-être une autre fois …» Il me demanda des détails sur ma situation familiale, sur ma profession. Je lui en donnai et lui dis au revoir.»

Avec le temps, Masikini se rendit compte que dans le village, l'étranger n'est pas seulement l'Africain venu de loin, mais c'est aussi le Bruxellois qui décide d'aller s'installer à la campagne! Les gens sont généralement distants et méfiants, mais dès que le premier contact est établi, beaucoup sont sympathiques et compatissent à la détresse des autres.

Quand on lui demandait combien d'enfants il avait, Masikini répondait sur un ton de provocation: «Six seulement!»

Certains trouvaient que c'était de l'inconscience que d'avoir tant d'enfants. Masikini expliquait que dans son pays, l'éthique n'autorise pas certains actes qui sont pourtant quotidiens en Occident.

2 **la curiosité:** Neugier. | 3 **hocher les épaules** (f. pl.): mit den Schultern zucken. | 6 **brièvement:** kurz (adv. zu *bref, brève*). | 18 f. **méfiant, e:** misstrauisch. | 20 **compatir à qc:** an etwas Anteil nehmen. | 24 **l'inconscience** (f.): Unüberlegtheit, Leichtfertigkeit.

Le soir, l'assistante sociale vint le trouver. Elle avait entendu parler des initiatives originales de Masikini. Elle se mit à lui poser des questions qui visaient à s'assurer de la santé mentale de son interlocuteur. Masikini sourit et lui répondit:

– On n'apprend pas à un vieux singe à faire des grimaces.

– Je connais le proverbe, rétorqua-t-elle, mais quand on arrive dans un milieu qui n'est pas le sien, on fait un effort pour s'intégrer, on ne bouscule pas les gens dans leurs habitudes.

Masikini se garda de répondre.

Le jour suivant, il se rendit à Tangissart, un hameau voisin. Il frappa chez un homme de septante ans. L'homme l'accueillit avec chaleur, c'était le prêtre du village.

– Bienvenue, monsieur, je suis curé, puis-je vous aider?

– Je viens me présenter. J'habite dans les parages …

Comme il fallait s'y attendre, Masikini fit au prêtre une proposition inhabituelle. Le brave curé accepta qu'il vienne le dimanche suivant à la messe, il lui donnerait l'occasion de se présenter à l'assemblée, ça lui éviterait de faire du porte à porte. Masikini était content, il admirait ce prêtre qui lui faisait confiance alors qu'il ne le connaissait pas. Ce n'était pas la première fois qu'il faisait pareille proposition. Dans un autre village, le curé ne l'avait même pas reçu. Il avait à s'occuper d'un enterrement. Mais lorsque Masikini

3 **viser à:** darauf abzielen. | 6 **On n'apprend pas à un vieux singe à faire des grimaces** (loc.): Einem alten Hasen (wie mir) kann man nichts vormachen (*le singe:* Affe, *la grimace:* Grimasse). | 12 **le hameau:** Weiler, kleines Dorf. | 9 **bousculer:** stören, brüskieren. | 13 **septante** (belg.): siebzig (französisch: *soixante-dix*). | 14 **le prêtre:** Pfarrer. | 16 **dans les parages** (m.pl.): in der Nähe, in der Gegend. | 25 **l'enterrement** (m.): Beerdigung.

lui avait demandé s'il pouvait revenir le lendemain, le saint homme lui avait répondu: «Vous pouvez revenir, je vous recevrai si je n'ai pas un autre enterrement.» Et pour conclure l'entretien, il lui avait remis une brochure contenant tous les renseignements sur les activités paroissiales!

Masikini avait eu envie de lui rappeler la recommandation du Christ: «Laissez les morts enterrer leurs morts», mais il était parti sans rien dire, pour de bon!

Le dimanche à l'église, Masikini se mêla aux chantres. Il se sentait à l'aise dans une église catholique qui se veut universelle.

En même temps qu'il priait, il réfléchissait au discours qu'il tiendrait à l'assistance. Il faisait froid, les gens étaient si sérieux que l'Africain se demandait s'il n'avait pas intérêt à se taire tout simplement … Coïncidence heureuse? Inspiration divine? Bienvenue de la part du père Luc …? Il fut question du «Bon Samaritain» dans l'évangile. Pendant la communion, la chorale entonna une chanson qu'il n'allait pas oublier: «Laisserons-nous à notre table un peu de place à l'Étranger? Trouvera-t-il quand il viendra un peu d'espace et d'amitié?» … L'assemblée reprit en chœur: «Ne laissons pas mourir nos cœurs …»

Après la bénédiction, au moment des annonces, père Luc fit signe à Masikini. Il prit la parole: «Excusez-moi, mesdames et messieurs, de prendre ainsi la parole, mais il faut bien que je vous parle. Mon nom est Masikini, je viens

4 **conclure**: abschließen. | **l'entretien** (m.): Unterhaltung. |
5 **les activités** (f. pl.) **paroissiales:** Aktivitäten der Kirchgemeinde. |
9 **se mêler aux chantres** (m. pl.): sich unter die Kirchensänger mischen. |
15 **une coïncidence heureuse:** glücklicher Zufall. | 23 **la bénédiction:** Segen.

du Zaïre. J'habite votre village depuis une semaine. La plupart d'entre vous, je les ai vus dans le village quand je passe et que personne ne me dit bonjour … Parfois, c'est le long de la route quand je fais de l'auto-stop et que vous passez sans un regard pour moi. Je me consolais en me disant que vous ne me connaissiez pas … À partir d'aujourd'hui, vous savez que je suis là … J'aimerais compter avec vous dans ce village. Au cas où vous auriez un costume prêt-à-porter que vous destinez aux Africains, je vous demande de bien vouloir m'épargner de le mettre … Mon pays est tellement vaste que je n'aimerais pas porter un costume prêt-à-porter, ce costume fait de préjugés et de clichés. J'aimerais que vous me donniez la possibilité de vous montrer ma personnalité plutôt que de me laisser ployer sous le poids d'une personnalité collective. Tout à l'heure, vous avez parlé de l'Étranger, eh bien je suis là! Y a-t-il un peu de place à votre table pour moi? Trouverai-je à votre table un peu d'espace et d'amitié? …»

On pouvait entendre voler une mouche dans l'église. L'émotion fut à son comble surtout lorsque Masikini évoqua une lettre de son fils de dix ans. L'enfant s'étonnait: «Papa, ici notre maman pleure chaque jour sous prétexte que tu es seul en Europe … N'y a-t-il pas de gens dans le

8 **le costume prêt-à-porter:** (sinngemäß:) Allerweltsklamotten; hier (im übertragenen Sinn): Klischeebild, Vorurteil. | 9 **destiner qc à qn:** etwas für jdn. bestimmen. | 10 **épargner:** ersparen. | 12 **un préjugé:** Vorurteil. | 14 **ployer sous le poids de qc:** unter dem Gewicht von etwas zusammenbrechen. | 19 **entendre une mouche voler** (loc.): eine Stecknadel zu Boden fallen hören (*la mouche:* Fliege). | 20 **le comble:** Gipfel, Höhepunkt. | 20 f. **évoquer:** erwähnen. | 22 f. **sous prétexte que …:** unter dem Vorwand, dass …; mit der Begründung, dass …

village où tu habites? Que répondre à l'enfant? interrogea Masikini. Lui dire qu'il y a des gens mais qu'il s'agit de Blancs? Je connais mon fils, enchaîna l'Africain, il me rétorquera: «Et alors, les Blancs ne sont-ils pas des hommes comme nous?» Il va alors falloir que je lui dise: Ils sont comme nous, mais c'est nous qui, à leurs yeux, ne sommes pas des gens comme eux.» Masikini conclut: «Je voudrais pouvoir dire à mes enfants: il y a des gens, d'ailleurs je les ai rencontrés.»

Masikini remercia les Belges et s'excusa de leur avoir pris de leur temps. Oh! surprise, des applaudissements fusèrent de partout! On lui avait dit que c'étaient des gens froids et indifférents … Il avait là une autre image de l'homme blanc.

Après la messe, ils vinrent lui poser d'autres questions: «Où est ta famille en ce moment? Pourquoi les as-tu laissés derrière toi? Quand viendront-ils?»

Didier et Marie, eux, n'attendirent pas une autre occasion: «Viens prendre un apéritif avec nous à la maison», lui dit le mari, encouragé par le sourire radieux de sa femme. Masikini ne se fit pas prier. À leur maison, les enfants l'accueillirent avec une curiosité mêlée de timidité. Fallait-il embrasser l'étranger ou lui serrer la main? Masikini lui-même était réservé, attentif à ne pas saisir le bras là où on ne lui tendait que la main. Il parla de son pays, des circonstances de son voyage et de ce qu'il espérait faire en Europe.

3f. **rétorquer:** erwidern. | 11f. **fuser:** ertönen, erschallen. | 20 **radieux, -euse:** strahlend. | 22 **la timidité:** Schüchternheit. | 23 **embrasser qn:** hier: jdm. Begrüßungsküsschen geben. | 24 **saisir le bras:** hier: den ganzen Arm packen. | 25 **tendre la main:** die Hand reichen. | 26f. **les circonstances** (f.pl.): Umstände.

Au moment où il voulut prendre congé, Didier lui parla comme on le fait en Afrique: «Tu sais où nous habitons, tu es chez toi chez nous, il suffira que tu donnes un coup de fil, nous viendrons te chercher si tu ne peux pas venir seul.» Masikini remercia ses nouveaux amis et s'en alla. Son monde s'était élargi. Il apprit plus tard que les gens étaient contents de son initiative.

1 **prendre congé** (m.): sich verabschieden. | 5 **s'en aller** (p. s.: *il s'en alla*): weggehen, gehen. | 6 **élargir:** erweitern.

10. Masikini tombe malade

Un nuage sombre à l'horizon! L'examen médical avait révélé que Masikini était malade. Il devait se faire opérer à l'hôpital. Un mélange fait de peur, de mélancolie et de résignation se lisait dans son regard humecté. La solitude en rajoutait à un tableau déjà terne.

A quelques heures de l'intervention chirurgicale, l'angoisse du malade pouvait bien s'expliquer. Il ne lisait plus d'ailleurs que de la littérature religieuse. Lorsque l'au-delà pointe à l'horizon, sait-on jamais, il vaut mieux se réconcilier avec son Dieu.

Au journal télévisé, il fut question des voyageurs clandestins découverts dans la cale d'un bateau à Anvers. Deux d'entre eux avaient perdu la vie. Les deux survivants étaient à la merci des autorités belges qui, au nom de la loi, parlaient déjà de les renvoyer en Afrique.

– C'est normal, commenta un Belge dans la salle, l'Europe ne va tout de même pas se charger de toute la misère du monde.

– T'as pas tort, mon pote, répliqua un autre, un brin ironique, il est plus facile de se charger de la richesse des autres que de leurs misères.

2 f. **révéler:** an den Tag bringen, aufdecken, ergeben. | 5 **humecter:** anfeuchten; hier: mit Tränen füllen. | 5 f. **en rajouter** (fig.): noch einen draufsetzen. | 6 **terne:** glanzlos, düster. | 9 **l'au-delà** (m.): das Jenseits. | 10 **pointer à l'horizon** (m.): sich am Horizont zeigen. | 10 f. **se réconcilier:** sich versöhnen. | 12 f. **clandestin, e:** illegal, versteckt. | 13 **la cale:** Kiel-, Laderaum eines Schiffes. | 15 **être à la merci de qn:** jdm. ausgeliefert sein. | 18 **se charger de qc:** etwas auf sich nehmen, sich etwas aufbürden. | 20 **T'as pas tort:** *Tu n'as pas tort:* Da hast du recht (wörtlich: Du hast nicht unrecht). | **le pote** (fam.): Kumpel, Freund.

Masikini n'avait rien dit. Il savait si bien s'élever dans les nuages qu'il lui arrivait d'observer le monde sans se laisser émouvoir. Il se détachait de la télévision pour songer aux veillées autour du feu, moments intenses pendant lesquels autrefois sa maman racontait des histoires. Les vieux s'arrangeaient pour inculquer aux jeunes le devoir de solidarité. Ainsi, pendant leurs vieux jours, les enfants ne les abandonneraient pas.

Une infirmière s'avançait vers lui. Elle lui prit la main et lui noua au poignet un bracelet. Le malade y lit son nom et s'attrista davantage.

– Puis-je vous demander un numéro de téléphone? lui dit la fille avec un faux air de douceur.

Masikini mit plus de temps qu'il n'en fallait pour répondre. Il n'était pas dupe. Un bracelet avec son nom au bras … un numéro de téléphone. Il fallait bien un repère pour permettre au médecin de le reconnaître dans la salle d'opération, mais dans le pire des cas, le bracelet permettrait au croque-mort de l'identifier. Et puisque la probabilité de ne pas se réveiller n'était pas nulle, qui prévenir en cas de décès?

– Le 020/151, finit par lâcher le malade.

– C'est celui de votre épouse?

3 **émouvoir:** berühren. | 4 **la veillée:** Wachen, Aufbleiben. | 6 **inculquer qc à qn:** jdm. etwas eintrichtern. | 10 **nouer:** (um)binden. | **le poignet:** Handgelenk. | **le bracelet:** Armband. | 11 **s'attrister:** traurig werden. | 13 **avec un faux air de douceur** (f.): mit gespielter Freundlichkeit. | 15 **ne pas être dupe:** sich nicht täuschen lassen, nicht darauf reinfallen (*le/la dupe:* Betrogene, r). | 16 **le repère:** Orientierungspunkt; hier: Identifikationsmöglichkeit. | 19 **le croque-mort:** Leichenbestatter. | 20 f. **en cas de décès** (m.): im Todesfall.

Masikini tressaillit, comme si dans la plaie l'on venait de retourner le couteau. Il fut évasif. Il imaginait son épouse loin de là, il la revoyait.

Un monsieur en blouson blanc vint lui parler:

– Je suis le médecin anesthésiste. C'est moi qui m'occuperai de vous tout à l'heure. Vous gardez le moral, j'espère? Bientôt, ça ne sera plus qu'un mauvais souvenir. Avez-vous déjà subi une intervention chirurgicale?

– Non, monsieur, ce sera la première fois.

Il était quinze heures de l'après-midi. L'intervention était prévue pour vingt heures. Les autres malades étaient entourés, Masikini était seul, un carnet à la main pour y noter ses dernières volontés. Un Africain fit irruption dans la salle, il se dirigea vers lui.

– Bonjour.

Masikini répondit sans enthousiasme … le visage de l'homme ne lui revenait pas.

– Ne cherchez pas, lui dit le visiteur, c'est la première fois que vous me voyez. Vous avez un jour rencontré mon épouse dans le train et elle m'a parlé de vous …

– Ah oui, je vois … c'est très gentil de votre part d'être venu, mais qui vous a dit que j'étais ici?

– Je suis passé à votre domicile, vos voisins m'ont dit que vous étiez à l'hôpital.

Ils parlèrent pendant près d'un quart d'heure, le visiteur pria pour lui avant de prendre congé. Dix-neuf heures trente! Masikini avait sous la langue un comprimé censé le

1 **tressaillir:** zittern. | **la plaie:** Wunde. | 2 **évasif, -ive:** ausweichend. | 5 **un (médecin) anesthésiste:** Narkosearzt. | 8 **une intervention:** Eingriff. | 27 **un comprimé:** Tablette. | **être censé, e** (*faire qc*): etwas tun/bewirken sollen.

relaxer. Les brancardiers allaient venir d'un moment à l'autre. Une femme africaine entra dans la salle, elle était accompagnée par une jeune fille, belle comme une fleur au matin.

– Mon mari a le même nom que vous, dit-elle au malade. On nous a dit que vous êtes seul, nous sommes venues, ma fille et moi, vous assister. C'est monsieur Ntambwe, qui est sorti d'ici à dix-sept heures, qui est venu nous prévenir.

Masikini s'étonna. Il avait suffi qu'une femme apprenne qu'il y avait à l'hôpital un homme qui avait le même nom que son mari pour que la brave dame prenne le train, qu'elle vienne aux nouvelles. C'était cela la solidarité africaine. Masikini était fier.

Deux brancardiers firent irruption dans la salle, le malade balaya du regard ceux qui lui parlaient.

– Courage! lui dit la bonne dame, vous vous en sortirez.

Sur le seuil de la porte, ils butèrent sur le prêtre.

– J'arrive à point, à ce que je vois …

Père Luc bénit le malade et lui souhaita bonne chance. Masikini se concentra, il ferma les yeux pendant qu'on l'amenait à la salle d'opération. Il était prêt à accepter la voie du destin, fût-elle celle du voyage final. L'assistante sociale vint aux nouvelles. Elle vit un dossier sur la table de chevet

1 **relaxer:** beruhigen. | **le brancardier / la brancardière:** Krankenträger, Sanitäter. | 8 f. **prévenir qn:** jdn. informieren. | 16 **balayer qc du regard:** den Blick über etwas schweifen lassen. | 19 **buter sur:** stolpern über. | 20 **à point:** gerade richtig, rechtzeitig. | 21 **bénir:** segnen. | 25 **venir aux nouvelles** (f. pl.): kommen, um Neuigkeiten zu erfahren. | **la table de chevet:** Nachttisch.

de Masikini. Elle eut une appréhension comme si l'Africain était parti à la guerre, vaincu d'avance.

Madame Dumond s'occupait des Africains à la recherche d'une terre d'accueil. Elle pouvait par induction dresser le profil de la personnalité de la plupart d'entre eux. Mais pour une fois, le personnage de Masikini lui échappait. L'homme ne correspondait pas du tout au cliché, son caractère avait un grain de bizarrerie. Il était à la fois intrigant et attachant.

Le premier feuillet dans le dossier lui était adressé.

«Madame, je vais faire un voyage dans les nuages, sous anesthésie générale. Il se pourrait que je ne revienne pas … Pourrais-je dans ce cas compter sur vous pour faire parvenir à mon épouse certains de mes objets intimes? Le rapatriement de mon corps, je le sais, est un luxe auquel je ne peux rêver … Je demande pardon à ceux que j'aurais blessé, d'une façon ou d'une autre. Merci à ceux qui m'ont aidé.»

Parmi lesdits objets intimes, une mèche de cheveux et les bouts des ongles du malade!

L'assistante sociale apprendra plus tard qu'aux confins de n'importe quel village d'Afrique, d'un homme mort à l'étranger l'on dira: «Il est allé mourir en brousse!» Cela si-

1 **une appréhension:** Vorahnung, Befürchtung. | 2 **vaincu, e:** besiegt (*vaincre:* besiegen). | 4 **par induction:** intuitiv, aus der Erfahrung. | 6 **échapper à qn:** jdm. entgleiten; hier: sich jdm. entziehen. | 8 **un grain de:** ein Körnchen an. | **la bizarrerie:** Seltsamkeit, Skurrilität, Wunderlichkeit. | 10 **un feuillet:** Blatt. | 13 f. **faire parvenir qc à qn:** jdm. etwas zukommen lassen. | 14 f. **le rapatriement:** Transfer in die Heimat, Rückführung (*rapatrier qn:* jdn. in die Heimat zurückbringen). | 15 **le corps:** hier: Leiche. | 18 **la mèche de cheveux** (m. pl.): Haarsträhne. | 20 **aux confins de n'importe quel village:** bis ins hinterletzte Dorf (*les confins*, m. pl.: Grenze, Grenzen). | 22 **la brousse:** Busch.

gnifie que le mort qui ne repose pas parmi les siens est condamné à l'errance, qu'il ne connaîtra jamais la communion des esprits. Etranger parmi les vivants, il le restera parmi les morts. Il faut donc, à défaut de rapatrier le corps, renvoyer à la source cheveux et ongles. Il suffira de les enterrer avec les vêtements du mort pour que celui-ci fasse le voyage. Le corps restera dans le sol étranger mais l'âme ira rejoindre les ancêtres au village. La plus belle des morts est donc celle qui surprend l'homme dans son milieu. Elle est comparable à un voyage que l'on entreprend après avoir donné aux siens les dernières recommandations. On a ainsi vu de vieux Africains résister à la mort parce qu'ils voulaient voir pour la dernière fois un fils absent. «Je t'attendais», disent-ils aux retardataires … comme si la mort était un acte volontaire. Après avoir dicté leurs dernières volontés, ils s'éteignent dans la quiétude, heureux d'avoir remporté une petite victoire sur le trépas.

Le temps filait. Trois heures plus tard, les brancardiers ramenèrent l'homme, encore étourdi par l'anesthésie. D'autres Africains étaient là. Il y avait deux Burundais, une Rwandaise, un Centre-Africain et un Ivoirien. Loin de leurs pays, ils se sentaient tous solidaires. Étonnant qu'en Afrique, certains parmi eux ne sachent vivre en paix!

– Comment te sens-tu? lui demanda l'assistante sociale.

– Ça ira, j'espère, répondit-il, sans d'autres commentaires.

2 **condamné à l'errance** (f.): zum Herumirren verurteilt. | 4 **à défaut de rapatrier qn:** wenn man jdn. schon nicht in die Heimat zurückbringen kann (*à défaut de:* mangels). | 14 **le retardataire:** Verspäteter. | 16 **la quiétude:** Ruhe, Frieden. | 17 **le trépas:** Tod. | 19 **étourdi, e:** benommen, duselig.

Il continuait à être inquiet: il n'en était qu'au début de ses peines.

Il est arrivé que Masikini pleure pendant cette période, non sur lui-même mais en pensant à ses enfants et à sa femme. Qu'allaient-ils devenir sans lui? Mais il fallait s'accrocher, il n'était pas encore question de mourir. Une dame belge qui ne savait pas ce que Masikini éprouvait comme douleur physique et morale émit une réflexion en regardant le visage du malade: «Les Africains sont comme des enfants, on dirait qu'il veut pleurer.» Masikini ouvrit les yeux et lui dit: «Madame, il y a chez moi un proverbe qui dit:‹La maladie sur le corps de ton voisin c'est comme sur la cime d'un arbre.›»

Parmi les visiteurs, le jour suivant, deux jeunes Belges. Grégory, un jeune adolescent, d'une spontanéité dans les contacts et d'un charme qui rappellent l'Afrique. Son père lui avait parlé du continent ensoleillé et il en avait retenu la joie des relations humaines. À l'aise avec les nouveaux venus, Grégory était l'un de ces enfants qui viennent vers vous sans percevoir les différences. Quel que soit l'endroit, il vient à votre rencontre en toute liberté.

Il était là avec sa maman et il rappelait à Masikini ses propres enfants. Masikini se dit: «Si les miens pouvaient voir la scène, ils se consoleraient en reconnaissant que je ne suis pas seul.»

Jean-Christophe, lui, semblait plutôt réservé. C'était l'un des ces jeunes, timides au premier abord, mais qui

5 f. **s'accrocher:** sich (ans Leben) klammern, durchhalten. | 13 **la cime:** Gipfel, Baumkrone. | 20 **quel que soit l'endroit:** egal an welchem Ort, wo auch immer.

s'ouvrent aussitôt qu'on a gagné leur confiance et qu'on fait un effort pour ne pas les contrarier.

Ils étaient venus, chacun avec un petit cadeau, voir ce malade africain, cet homme venu de loin, cet homme qui ne savait pas encore si les autorités belges lui accorderaient l'asile et surtout quand il reverrait ses enfants.

– Vous êtes en Belgique depuis combien de temps, monsieur? lui demanda un voisin de chambre quand les visiteurs furent partis.

– Bientôt deux ans, répondit Masikini.

– Et vous êtes déjà connu au point d'avoir tant de visites dans un pays qui n'est pas le vôtre?

– Nous sommes les habitants de la terre, c'est la porte de son cœur qu'il faut ouvrir.

Un autre voisin, lui, se mit à pleurer: «Je suis tout seul! Je suis tout seul!»

– Où sont tes enfants? lui demanda Masikini.

– Mes enfants? s'étonna-t-il. J'ai pas d'enfants, moi, c'est trop de travail … les enfants! Tu me vois, moi, jouer à la nounou? Et puis ceux qui ont des enfants, ils sont seuls eux aussi, non? Ce qui intéresse les enfants, c'est le testament …

– Pas de caricature, mon vieux, intervint le premier voisin, tout dépend de ce que tu as mis dans la tête de tes enfants. D'ailleurs, qu'est-ce que tu en sais toi, des enfants, puisque tu n'en as aucun?

– Je vois chez mes voisins … je n'aime pas les enfants, je leur préfère la compagnie de mes animaux. J'ai cinq chats, moi, et deux bergers allemands. Je sais m'en occuper.

2 **contrarier qn:** jdn. ärgern. | 20 **la nounou:** Babysitterin. | 28 **un berger allemand:** Deutscher Schäferhund.

– Mais pourquoi te plains-tu d'être seul? lui demanda Masikini.

– Parce que l'hôpital ne permet pas la visite des chats, répondit ironiquement le premier voisin.

La nuit fut longue, tellement Masikini souffrait. De bon matin, le facteur frappa à la porte. Il lui remit une lettre recommandée. Masikini eut peur de l'ouvrir. Elle venait du Commissariat général aux réfugiés et apatrides et lui apportait soit l'ordre de quitter la Belgique soit l'autorisation d'y rester.

Il fit comme il est conseillé de faire en Afrique: il ignora la lettre, prit ses médicaments, poursuivit sa journée comme à l'accoutumée. À seize heures, après avoir accompli ses obligations, il prit son courage à deux mains et ouvrit la lettre. Il avait eu peur pour rien, il pouvait rester en Europe. Il annonça la nouvelle à ses amis sans trop de chaleur, par solidarité avec ceux qui, depuis cinq ans ou plus, n'arrivaient pas à franchir le pas qu'il venait de réussir.

Le soir, l'assistante sociale frappa à sa porte:

– Tiens, qu'est-ce que j'apprends là? Il y a de bonnes nouvelles et moi on ne me dit rien …

– Je pensais que les autorités vous envoyaient la copie de la lettre …

– Oui, je suis au courant. Alors, que fait-on maintenant? La fête?

– Je n'ai pas le cœur à la fête, madame.

L'assistante sociale s'étonna. Masikini avait un brin de bizarrerie dans ses réflexions et elle le savait; mais adopter

13 **comme à l'accoutumée:** wie gewohnt. | 26 **Je n'ai pas le cœur à la fête:** Mir ist nicht nach Feiern zumute.

une attitude d'indifférence alors que l'on venait de franchir une étape qui permettait d'envisager le regroupement familial! Cela, elle ne pouvait pas le comprendre.

Masikini lui expliqua que la nouvelle avait suscité en lui des sentiments contradictoires. Devoir se mettre à l'abri hors de son pays tout simplement parce qu'on ne pouvait pas s'y exprimer librement, ce n'était pas une raison pour faire la fête. Il se consola en se disant que ses aptitudes lui permettaient d'être au service de son pays même en habitant à l'extérieur.

1 **l'indifférence** (f.): Gleichgültigkeit. | 4 **susciter:** hervorrufen, auslösen. | 5 **contradictoire:** widersprüchlich. | 8 **une aptitude:** Fähigkeit.

11. Ils ont quelquefois raison, les fous

Masikini humait l'air à pleins poumons, il pédalait à une vitesse qui lui permettait d'admirer la nature. Les voitures se suivaient à vive allure. Les gens lui jetaient un coup d'œil rapide, se demandant d'où sortait ce Noir d'Afrique et ce qu'il pouvait bien chercher dans le coin. Des oies blanches sur les étangs attirèrent son attention. Elles défilaient majestueusement à travers les nénuphars blancs. Un homme s'amusait à jeter de la nourriture aux petits poissons qui nageaient dans l'eau. Une vieille femme oubliée par le temps traînait avec peine ses pieds ankylosés. Un enfant lançait et rattrapait une balle trop grosse et trop lourde pour son âge.

Le Noir était loin de cette Europe faite de béton, il admirait le bois qui s'étendait à perte de vue. Il s'émerveillait devant la beauté de certaines maisons dans les villages qu'il dépassait. Allait-il s'arrêter? Faire demi-tour? L'envie de continuer était la plus forte.

Une voiture conduite par un jeune ralentit à sa hauteur, un homme lui cria d'un ton moqueur: «Bonjour mon frère!» Il poursuivit son chemin comme s'il n'avait rien entendu. Il connaissait suffisamment les Européens pour savoir qui prendre au sérieux.

2 **humer l'air** (m.) **à pleins poumons:** tief durchatmen (*les poumons*, m. pl.: Lunge). | 4 **à vive allure:** schnell. | 6 **une oie:** Gans. | 8 **le nénuphar:** Seerose. | 11 **ankylosé, e:** unbeweglich, eingerostet, steif. | 15 **s'étendre:** sich ausbreiten, erstrecken. | **à perte** (f.) **de vue** (f.): so weit das Auge reicht. | 17 **dépasser:** überholen; hier: durchqueren. | **faire demi-tour** (m.): umkehren. | 19 **ralentir:** verlangsamen, abbremsen. | 20 **moqueur, -euse:** spöttisch.

Sur le chemin du retour, il vit un nègre qui passait. Il avait l'air triste. Il semblait à la fois présent et absent.

– Bonjour! lui lança Masikini.

– Bonjour! répondit-il froidement, à la manière d'un homme qui aurait perdu confiance même en ses propres frères!

Masikini ne se laissa pas émouvoir, il savait déjà que beaucoup de ses compatriotes souffrent de l'exclusion dont ils sont victimes. Il savait qu'ils ne sont pas nombreux ceux qui s'en sortent.

Ils sont légion, en effet, les étrangers qui vivent en Europe sans réel contact avec leurs hôtes. Ils sont dans des ghettos, sans aucune possibilité d'intégration. Les études permettent certes de rapprocher certains mais plus tard, sur le marché de l'emploi déjà saturé, le fossé ira en s'approfondissant de jour en jour. Pour noyer les soucis, certains trouveront un exutoire dans la bière pendant que d'autres sombreront dans la dépression.

Le téléphone sonna trois fois avant que Masikini ne décroche:

– Allô!

– Monsieur Masikini? … Ici madame Dubois, de la commune. Nous avons besoin de vous. Voulez-vous nous rejoindre, s'il vous plaît? Il y a urgence.

7 **émouvoir:** rühren, ergreifen, bewegen. | 8 **l'exclusion** (f.): Ausgrenzung, Isolation. | 9 **la victime:** Opfer. | 10 **s'en sortir:** damit fertigwerden, zurechtkommen. | 11 **être légion:** zahlreich sein. | 12 **les hôtes** (m. pl.): Gastgeber; hier: Einwohner des Aufnahmelandes. | 14 **certes:** zwar. | 15 **saturé, e:** gesättigt. | **le fossé:** Graben. | 15 f. **aller en s'approfondissant:** immer größer, tiefer werden. | 16 **noyer les soucis** (m. pl.): Sorgen im Alkohol ertränken. | 17 **un exutoire:** (psych.) Ventil. | 18 **sombrer:** versinken.

Masikini ne se fit pas prier. À la maison communale, on lui parla d'un jeune Angolais qui s'était enfermé dans son appartement sous prétexte qu'il y avait dehors des ennemis qui cherchaient à le tuer. Il les voyait partout: sur le toit, en dessous du lit, derrière la maison ... Les gens se moquaient de lui et parlaient de folie.

Masikini était prudent, l'expérience lui avait appris à reconnaître qu'ils ont quelquefois raison, les fous. Rêveur comme il était, il se souvint de Bukasa, un ami qu'il ne se pardonnerait jamais de n'avoir pas pris au sérieux. Comme dans un film, les souvenirs des événements vécus en Afrique lui revenaient à la mémoire avec une netteté proportionnelle aux traces qu'ils avaient creusées dans sa mémoire. Il revit son ami.

Air famélique, regard livide, teint de cadavre, Bukasa clopinait sur une route rongée par l'eau de pluie, indifférent à ses pieds mal chaussés qui, de temps en temps, allaient ramasser de la boue dans un nid de poule. Regard braqué vers l'horizon, il avait l'air d'un animal blessé, traqué, à la recherche d'un abri. Si les vieux amis croyaient s'en tirer à bon compte en passant inaperçus devant lui, un prêtre de ses connaissances par contre s'arrêta.

3 **un ennemi:** Feind. | 4 **le toit:** Dach. | 12 **la netteté:** Klarheit. | 13 **la trace:** Spur. | **creuser:** graben. | 15 **air famélique:** ausgehungert/abgemagert aussehend. | **livide:** leichenblass. | 16 **clopiner:** hinken, humpeln. | **rongé, e:** zerfressen, beschädigt. | 18 **la boue:** Schlamm, Dreck. | **un nid de poule:** Schlagloch, Loch im Straßenbelag. | **braqué, e sur qc:** gerichtet auf etwas. | 19 **traqué, e:** gejagt, verfolgt. | 20 **un abri:** Unterschlupf, Notquartier, Schutzraum. | 20 f. **s'en tirer à bon compte** (loc. fam.): billig davonkommen. | 21 **inaperçu, e:** unbemerkt.

Il était dix heures, le ciel bleu strié de nuages blancs laissait augurer une belle journée. Le long du boulevard, des flamboyants avaient revêtu leur robe de pourpre. Un oiseau multicolore voltigeait dans les branches, intéressé par une femelle berçant d'une belle mélodie des oisillons cachés dans un nid.

– Comment te sens-tu, mon ami?

– Je ne suis pas malade, monsieur le curé. Que devrais-je faire pour vous enfoncer cela dans la tête? Je suis en danger de mort et tous, vous me prenez pour un fou!

– Tu me fais dire ce que je n'ai pas dit! répliqua le prêtre.

– Ah bon! Ouvrez grands vos yeux alors, regardez derrière moi, là, à une cinquantaine de mètres, ce sont mes gardes du corps. Et là-bas, plus loin, ce sont mes ennemis, ils ont des petits fusils braqués sur moi prêts à faire mouche. Heureusement, le gouverneur de la ville m'a pris au sérieux et il m'a donné des gens pour me protéger.

Le prêtre réajusta ses lunettes, braqua son regard dans la direction que lui indiquait Bukasa mais ne vit ni garde du corps ni ennemi. Son interlocuteur n'avait pourtant pas l'air d'un blagueur, il voyait bel et bien des ennemis où personne d'autre n'en voyait. Le saint homme eut de la peine à reconnaître en son interlocuteur le dynamique chef

1 **strié, e:** gestreift. | 1 f. **laisser augurer qc:** etwas vorausahnen lassen. | 4 **voltiger:** herumfliegen, flattern. | 5 **la femelle:** Weibchen. | **bercer:** wiegen. | **un oisillon:** Vögelchen. | 8 **le curé:** Pfarrer. | 9 **enfoncer:** einschlagen, hämmern. | 11 **répliquer qc:** etwas erwidern. | 14 **le garde du corps:** Leibwächter. | 15 f. **faire mouche:** ins Schwarze treffen, abfeuern. | 18 **réajuster:** zurechtrücken. | 20 **un interlocuteur / une interlocutrice:** Gesprächspartner(in). | 21 **le blagueur:** Witzbold, Spaßmacher.

des scouts qu'il avait été. Pendant qu'il revenait de son hébétude, Bukasa filait à l'anglaise en pressant le pas, comme un homme qui craint d'être rattrapé.

Les gens se retournaient sur son passage, intrigués par un accoutrement et une maigreur qui lui donnaient l'allure d'un clochard. Pour aller au quartier Bel-Air, il emprunta un raccourci passant par le cimetière. Sur une distance d'un kilomètre, il croisa avec indifférence trois cortèges funèbres. Fallait-il s'en étonner dans un pays où tous les paramètres de l'économie étaient au rouge sans que cela n'ébranle la conscience des hommes politiques? Chacun se disait démocrate, mais sans se préoccuper outre mesure des aspirations profondes du peuple.

Avec le manque de produits pharmaceutiques et à cause de la famine, les fossoyeurs avaient droit à une prime. Dans quelle mesure n'y avait-il pas de lien entre le délire de persécution dont souffrait Bukasa et le chaos qui régnait dans son pays? C'est la question que se posait son ami le prêtre.

2 **une hébétude:** Abstumpfung; hier: Geistesabwesenheit, Starre. | **filer à l'anglaise** (loc. fam.): sich klammheimlich davonmachen, sich verdrücken, sich auf Französisch verabschieden. | 5 **un accoutrement:** Aufmachung, Ausstaffierung. | 5 f. **l'allure** (f.) **d'un clochard:** Aussehen eines Penners. | 7 **le raccourci:** Abkürzung. | 8 **avec indifférence** (f.): gleichgültig, teilnahmslos. | 8 f. **le cortège funèbre:** Trauerzug. | 9 f. **les paramètres** (m. pl.) **de l'économie** (f.) **étaient au rouge:** (sinngemäß:) es stand sehr schlecht um die Wirtschaft des Landes. | 11 **ébranler:** erschüttern, in Bewegung setzen. | 12 **se préoccuper de qc:** sich um etwas kümmern. | **outre mesure** (f.): über alle Maßen, übermäßig. | 13 **les aspirations** (f. pl.) **profondes:** tiefstes Verlangen, sehnlichster Wunsch. | 15 **la famine:** Hungersnot. | **le fossoyeur:** Totengräber. | 16 f. **le délire de persécution** (f.): Verfolgungswahn.

Bukasa s'approcha d'une tombe encore fraîche, s'inclina avant d'articuler d'une voix à peine audible: «Elle est morte, elle aussi. Nous l'avons enterrée de l'autre côté» … Il s'adressait à un ami, mort il n'y avait pas longtemps, de la maladie de la décennie et dont la compagne sexuelle venait de trépasser, confirmant la thèse du SIDA. Les amis se demandaient si par hasard Bukasa n'avait pas goûté lui aussi la «sauce» toxique. La présomption était d'autant plus vraisemblable que Bukasa ne voulait entendre parler ni de l'hôpital ni de médecin!

– Il faut se méfier des toubibs, disait-il, ils sont capables de vous inoculer des virus à l'occasion d'un prélèvement.

L'homme voyait donc partout le danger. Celui-ci était imminent, il pouvait venir de partout, ennemis invisibles au commun des mortels, ou du virus HIV. Quelle était cette manie de projeter au dehors fantasmes et craintes? De croire que tout le monde vous en veut! Bukasa poursuivit son chemin jusque chez son beau-frère. Il eut la surprise d'y retrouver le prêtre, qui l'avait précédé à mobylette.

– Sois le bienvenu, lui lança sa sœur sur un ton de compassion.

– Merci, ma sœur, donne-moi à manger: j'ai faim.

1 **la tombe:** Grab. | 2 **audible:** hörbar. | 5 **la compagne:** Partnerin, Lebensgefährtin (m.: *le compagnon*). | 6 **trépasser:** sterben. | 8 **toxique:** giftig. | **la présomption:** Vermutung. | 11 **se méfier:** misstrauen. | **le toubib** (fam.): Arzt. | 12 **inoculer:** einimpfen, übertragen. | **le prélèvement:** Probenentnahme; hier: Blutabnahme. | 14 **imminent:** unmittelbar bevorstehend; hier: akut. | 16 **projeter au dehors:** (psych.) nach draußen projizieren. | 17 **en vouloir à qn:** jdm. böse sein. | 19 **précéder:** vorausgehen, -fahren. | 19 f. **la mobylette:** Mofa. | 22 **la compassion:** Mitgefühl.

Il ingurgita la nourriture, remercia et s'en alla. Il logeait à l'autre bout de la ville, seul dans une parcelle à lui léguée par son défunt père. Chaque jour, il passait chez un membre de sa famille quémander de la nourriture. Parfois, si pas souvent, la distance à parcourir était tellement longue que Bukasa n'avait pas la force de se déplacer. Il se contentait alors d'un verre d'eau. La dernière fois qu'on lui avait parlé de l'hôpital, il avait répondu: «Quand bien même je serais malade, mes ennemis ne vous laisseraient pas faire.» Ses convictions étaient telles qu'il n'avait pas accordé la moindre attention au prêtre et à son beau-frère qu'il considérait comme des conspirateurs. Il n'était pas loin de la vérité, car la décision avait été prise! De gré ou de force, on l'emmènerait consulter un médecin.

Un vent violent soufflait sur l'Afrique, vent d'Est injecté par la Perestroïka. Une inquiétude planait sur la ville. Elle se lisait sur les visages des passants comme si, à l'instar des Gaulois, chacun craignait que le ciel ne lui tombe sur la tête. Les intellectuels entonnaient des hymnes à «la démocratie». La masse reprenait le refrain sans trop savoir si c'était là la formule pour faire tomber la manne du ciel.

1 **ingurgiter:** hinunterschlingen, vertilgen. | 2 **légué, e:** hinterlassen, vererbt. | 3 **défunt, e:** verstorben. | 4 **quémander:** betteln. | 8 f. **quand bien même:** selbst wenn. | 10 **la conviction:** Überzeugung. | 12 **le conspirateur:** Verschwörer, Verräter. | 13 f. **de gré** (m.) **ou de force** (f.): freiwillig oder mit Gewalt. | 16 **la Perestroïka:** Perestroika (russ. »Umbau«, »Umgestaltung«) bezeichnet den von Michail Gorbatschow ab 1986 eingeleiteten Prozess zur Modernisierung der Sowjetunion. | **une inquiétude:** Angst, Beunruhigung. | 17 f. **à l'instar des Gaulois:** wie bei den Galliern (*le Gaulois:* Gallier). | 19 **entonner:** anstimmen. | 21 **faire tomber la manne du ciel** (loc.): (sinngemäß:) Geld vom Himmel regnen lassen (*la manne,* rel.: Manna, Himmelsbrot).

Faut-il parler des vieux nostalgiques qui, eux, se demandaient quand finirait l'indépendance?

Tout était morne dans cette ville en dépit de la luxuriance de la nature. Il y avait trop de contrastes entre les nantis qui se permettaient tout, et ceux dont le degré de misère était tel qu'ils voyaient des ennemis où il n'y en avait pas.

Le curé l'enferma dans sa chambre, bien résolu à accompagner Bukasa à l'hôpital le jour suivant. Ce qu'il n'avait pas pu prévoir, c'est que cette nuit-là, les militaires lanceraient l'opération «pillage» qui troublerait le calme de la nuit.

Bukasa avait sursauté lorsqu'il avait entendu les crépitements des armes. Pris de panique, il s'était recroquevillé dans un coin, non sans avoir jeté un coup d'œil par le trou de la serrure pour voir si ses gardes du corps continuaient à se relayer!

Vers l'aube, les militaires s'en prirent aux maisons de ceux qui habitaient à proximité du quartier commercial.

– Réveillez-vous, fils de putains, allez chercher votre part de butin dans les magasins.

Les peureux s'engouffraient en dessous du lit pendant que les autres s'aventuraient au dehors. Tout était clair

2 **l'indépendance** (f.): Unabhängigkeit (die Republik Kongo erklärte am 30. Juni 1960 ihre Unabhängigkeit von Belgien). | 3 **morne:** düster, freudlos. | **en dépit de qc:** trotz etwas. | 3 f. **la luxuriance:** Üppigkeit. | 5 **les nantis** (m. pl.): die Reichen. | 11 **le pillage:** Plünderung. | 13 **sursauter:** erschrecken. | 14 **se recroqueviller:** sich ducken. | 17 **se relayer:** sich ablösen. | 18 **l'aube** (f.): Morgengrauen. | **s'en prendre à qn** (p. s.: *ils s'en prirent à*): jdn. angreifen. | 22 **peureux, -euse:** ängstlich. | **s'engouffrer:** (sich) in etwas hineinstürzen; hier: sich schnell verkriechen.

maintenant. Le dictateur, sommé par ses protecteurs étrangers de composer avec les opposants à son régime, avait décidé de pratiquer la politique de la terre brûlée. De la capitale, il avait autorisé l'opération «pillage».

Le tissu économique devait être détruit, une façon de mettre des bâtons dans les roues des opposants qui étaient sur le point d'arracher le pouvoir. Les militaires se servaient, extasiés, enivrés par le bonheur de posséder un téléviseur, un réfrigérateur ... De temps en temps, un gendarme tenant de sa main gauche un chariot plein d'objets volés et de l'autre une mitrailleuse lâchait une rafale. Question de se donner de l'assurance devant le regard désapprobateur des passants.

Après s'être bien servis, les militaires, de peur de devoir porter sur leur seule conscience le poids du crime, donnèrent l'ordre au reste de la population d'aller se servir. On vit alors des hordes déferler sur la ville, emportant tout sur leur passage. Attirés par les biens matériels, les pillards, insensibles aux cris de détresse des faibles, marchaient sur ceux qui agonisaient. C'était la loi de la jungle, seuls les

1 **sommer qn de faire qc:** jdn. auffordern, etwas zu tun. | 2 **composer avec qn:** sich mit jdm. arrangieren / gütlich einigen. | 3 **la politique de la terre brûlée:** Politik der verbrannten Erde. | 6 **mettre des bâtons** (m. pl.) **dans les roues de qn** (loc.): jdm. Knüppel zwischen die Beine werfen, jdm. Hindernisse in den Weg legen (*la roue:* Rad). | 6 f. **être sur le point de:** drauf und dran sein, im Begriff sein. | 8 **extasié, e:** entzückt. | **enivré, e:** betrunken, berauscht. | 10 **un chariot:** Einkaufswagen. | 11 **la mitrailleuse:** Maschinengewehr. | **une rafale:** Gewehrsalve. | 12 f. **désapprobateur, -trice:** missbilligend. | 17 **déferler sur qc:** über etwas hereinbrechen. | 18 **le pillard:** Plünderer. | 19 **la détresse:** Not. | 20 **agoniser:** mit dem Tode ringen, im Todeskampf liegen. | **la loi de la jungle:** das Gesetz des Dschungels, das Recht des Stärkeren.

plus forts devaient survivre. Au magasin du coin, un Blanc pleurait, tenant son fils par la main:

– C'est le fruit d'un labeur de quarante ans, disait-il, ils vont me le détruire en moins d'une heure. Comme illuminé, il s'exclama: «Je n'ai pas encore dit mon dernier mot.»

– Que vas-tu faire, papa? lui demanda son fils, soupçonneux.

– On va voir ce que l'on va voir, répondit-il, résolu.

Il tira de sa voiture un bidon d'essence, en aspergea les articles et jeta une allumette sur l'étalage.

– Tu brûles notre magasin!

– Eh oui, mon fils! De cette façon, nous serons tous perdants.

– Mais te rends-tu compte que les magasins voisins vont flamber aussi? Et tu iras raconter que les Africains ont pillé nos biens!

Les magasins voisins flambèrent en effet; la fumée monta au-dessus d'un feu rouge qui crépitait rageusement, consumant tout sur son passage. On entendait de partout une cacophonie faite de rafales, de bruits de meubles que les pillards traînaient sur la route, de vrombissements des véhicules à bord desquels les militaires chargeaient le butin

3 **le labeur:** Arbeit. | 4 f. **illuminé, e:** erleuchtet; hier: wie berauscht. | 6 f. **soupçonneux, -euse:** argwöhnisch. | 8 **résolu, e:** entschlossen. | 9 **le bidon d'essence** (f.): Benzinkanister. | **asperger qc:** etwas besprengen, übergießen. | 10 **un étalage:** Auslage. | 15 **flamber:** in Flammen aufgehen. | 18 **crépiter:** knistern. | **rageusement** wutentbrannt (adv. zu *rageur, -euse*). | 19 **consumer:** verbrennen, vernichten, aufzehren. | 20 **une cacophonie:** Missklang, Kakofonie (bezeichnet in der Musik und Literatur Laute und Geräusche, die unangenehm klingen). | 21 **le vrombissement:** Dröhnen, Gedröhne.

et des pleurs de ceux qui découvraient par-ci, par-là le corps inerte et sans vie d'un frère tombé sous le coup d'une balle perdue. Par moment l'on voyait deux jeunes gens se disputer une paire de souliers, certains se séparaient dos à dos, emportant l'un le soulier gauche, l'autre le soulier droit.

C'est dans cette atmosphère de guerre, de cafouillage, de risque que le prêtre prit sa mobylette pour aller voir Bukasa. N'avait-il pas juré de le conduire à l'hôpital?

Blotti dans son coin, Bukasa fut tiré de ses rêveries par le prêtre qui enfonça la porte de la case sans s'annoncer, à la manière d'une personne redoutant le pire.

– Sois le bienvenu, mon père.

– Pour une fois! Merci, répondit le prêtre.

– Cette fois, ils sont entrés dans la phase active …

– Qui?

– Mais, mes ennemis, parbleu! Tu ne les as pas entendus cette nuit? Avec leurs petits fusils?

Ils se dirigèrent à pied vers la route dans l'espoir de trouver un taxi. Bukasa, comme un automate, marchait clopin-clopant derrière son ami. Sur la route, les pillards allaient et venaient, les uns ravis de leur butin, les autres déçus d'avoir été volés par de plus forts. Bukasa ne fit pas attention à ceux qui, dans le sens inverse, allaient voler des poules dans une ferme sise non loin de là.

2 **inerte** (invar.): leblos. | 3 **une balle perdue:** verirrte Kugel. | 3 f. **se disputer qc:** sich um etwas streiten. | 7 **le cafouillage:** Wirrwarr, Durcheinander. | 9 **jurer qc:** etwas schwören. | 10 **se blottir** (*dans un coin*): sich (in eine Ecke) kauern, ducken. | 11 **enfoncer** (*la porte*): (Tür) einschlagen. | **la case:** Hütte. | 12 **redouter le pire:** das Schlimmste befürchten. | 20 f. **clopin-clopant, e:** humpelnd. | 25 **sis, e:** gelegen.

Le prêtre se demandait s'il allait trouver le médecin à l'hôpital. Comment réagirait Bukasa? Il fut interrompu dans ses réflexions par un bruit mou. Un coup d'œil derrière lui, il aperçut Bukasa gisant par terre.

– Qu'y a-t-il?

– Ils m'ont eu, avec leurs petits fusils.

Le curé n'en crut pas ses yeux lorsqu'il remarqua sur le ventre de Bukasa une tache sanguinolente. Une balle perdue l'avait atteint. On n'avait pas entendu la détonation!

Avec une grimace qu'il voulait un sourire, Bukasa dit au prêtre: «J'avais raison, n'est-ce pas? Voilà plus de huit mois qu'ils me traquaient.» L'homme de Dieu se révolta contre cette coïncidence des faits et il se pencha vers son compagnon.

– Tiens bon, lui dit-il, je vais chercher une ambulance.

– C'est inutile, mon père, tu ne peux rien contre le destin. Ils avaient des petits fusils ... Ils ont réussi à tromper la vigilance de mes gorilles ...

Il était onze heures du matin. Un véhicule passa en trombe et éclaboussa le mourant. Bukasa souleva son regard et vit dans le ciel un nuage en forme de croix ... Un vent violent souffla, un oiseau lança à la cime d'un arbre un cri de détresse ... Un chien aboya au loin.

Lorsque le prêtre revint à bord d'une ambulance, le corps

4 **gisant, e:** liegend. | 8 **la tache:** Fleck. | **sanguinolent, e:** blutend. | 12 **traquer qn:** jdn. verfolgen, hetzen. | 13 **la coïncidence des faits:** gleichzeitiges Eintreffen zweier voneinander unabhängiger Tatsachen (hier: Bukasas Verfolgungswahn und seine Ermordung). | 16 f. **le destin:** Schicksal. | 18 **la vigilance:** Wachsamkeit. | **le gorille:** Gorilla, Leibwächter. | 19 f. **passer en trombe:** vorbeirasen (*la trombe:* Windhose). | 20 **éclabousser qn:** jdn. anspritzen. | 21 **la croix:** Kreuz.

de Bukasa avait refroidi. Son âme s'était envolée. Il fallait lui fermer les yeux.

Masikini redescendit des nuages. Il était en Europe. Il courut au secours de l'Angolais avec l'espoir que le cas n'aurait rien d'aussi tragique. Le malade finit par ouvrir sa porte. C'était un jeune d'une trentaine d'années. Il était dans la procédure de demandeur d'asile depuis quatre ans. Sous prétexte que les factions rivales se seraient réconciliées en Angola, les autorités belges trouvaient caduc son dossier. L'Africain résolut de se marier avec sa copine belge, mais la jeune femme n'était pas dupe, elle voulait être épousée par amour et non par intérêt. En outre, elle ne savait pas très bien comment réagiraient ses deux enfants, deux adolescents en pleine crise de puberté.

Un soir, la copine du nègre lui avait dit sans sourciller: «Eh bien, mon ami, il est temps que nos chemins se séparent.»

– Qu'est-ce que tu dis? rétorqua le Noir.

– Je dis qu'il faut que tu partes de chez moi.

– Comment peux-tu me dire ça? Qu'est-ce que je t'ai fait?

– Tu ne m'as rien fait … surtout ne te culpabilise pas … Nous avons fait une expérience que je trouve enrichissante, maintenant c'est fini.

– Est-ce que je n'ai pas été gentil avec toi?

– Qui parle de gentillesse? Le problème, c'est pas toi … c'est moi … j'ai envie de changer …

8 **les factions** (f. pl.) **rivales:** sich bekriegende Splittergruppen, rivalisierende Lager. | **se réconcilier:** sich aussöhnen. | 9 **caduc, caduque:** hinfällig, überholt, ungültig. | 12 **en outre:** außerdem, zudem. | 15 **sans sourciller:** ohne mit der Wimper zu zucken (*le sourcil:* die Augenbraue). | 21 **se culpabiliser:** sich schuldig fühlen, sich die Schuld geben.

Le gars crut faire un mauvais rêve … Le matin, la femme lui dit qu'il avait deux jours pour quitter son appartement.

Lorsqu'on vient d'un pays où on se marie encore pour le meilleur et pour le pire, on digère mal pareille frustration. Être plaqué parce qu'on a commis une faute, oui, mais comme cela … tout simplement parce que l'amour est fini et qu'on a envie de changer …

La pilule était amère à avaler. L'Africain alla tout de même s'installer ailleurs. Il se remettait petit à petit de sa peine jusqu'au jour où le facteur lui apporta la lettre recommandée tant redoutée par les demandeurs d'asile. Un malheur ne vient jamais seul. Le séjour en Belgique lui était refusé. Il lui fallait aller voir ailleurs!

– Comment voulez-vous que je puisse aider un homme en pareille détresse? demanda Masikini aux autorités. Il reçoit l'ordre de quitter le territoire après avoir attendu si longtemps … Ça vous étonne qu'il sombre dans la folie?

4 **digérer qc:** etwas verdauen, (psych.) verarbeiten. | 5 **plaquer qn** (fam.): jdn. sitzen lassen, mit jdm. Schluss machen. | 8 **amer, -ère:** bitter.

12. Rire pour ne pas pleurer

Trois ans s'étaient écoulés depuis qu'il était parti. Marc, le plus jeune de ses enfants, avait un an à son départ; il était maintenant à l'école maternelle. La dernière fois que Masikini lui avait parlé au téléphone, l'enfant l'avait appelé «Tonton»! Il avait perdu la notion du père, chaque homme qu'il voyait était un tonton comme le frère de sa mère, le seul homme qui lui était proche.

– Je suis ton papa … dis «papa», lui recommanda Masikini.

– Papa? s'interrogea l'enfant, où es-tu, papa? Viens me prendre …

– Ça ne va plus tarder, mon fils, le jour où nous nous reverrons, je te prendrai, Marc, et c'est dans mes bras que tu t'endormiras.

Le lendemain, à l'école, Marc se vanta devant ses amis: «Moi aussi j'ai mon papa, il viendra me chercher, il me prendra dans ses bras.» Et quand l'un de ses camarades lui demanda où se trouvait son papa, Marc répondit naturellement: «Mon papa? Il est au téléphone.»

Allegra, la dernière de ses filles, elle, n'y allait pas par quatre chemins: «Papa, je veux te voir, ça fait longtemps … t'es pas gentil, papa.»

Christelle, l'aînée des filles, elle, présentait à son papa une alternative: «Ou tu viens, parce que moi, ta fille Chris, je veux te voir, ou alors tu nous envoies du chocolat.»

6 **Tonton** (fam.): Onkel. | **la notion:** Begriff, Vorstellung. | 13 **tarder:** dauern, lange brauchen. | 16 **se vanter:** prahlen, bluffen. | 21 f. **ne pas y aller par quatre chemins** (loc.): geradewegs zur Sache kommen.

Yannick était déjà sensible à ce qui se passait autour de lui. Dans ses lettres on pouvait lire: «Bien cher papa, la situation au pays empire chaque jour. Bientôt ça sera la guerre et tu sais que nous, les Kasaïens, on ne nous aime pas … qu'est-ce que nous allons faire? Viens nous prendre, papa … tu es sauvé et tu veux que, nous, on meure?»

Les deux grands, Patrick et Willy, voyaient bien qu'un regroupement familial se préparait et ils étaient mécontents de ne pas être tenus au courant des détails du projet.

Quant aux obstacles sur le chemin des retrouvailles, la Belgique en avait planté, et pas des moindres!

Le soir, Masikini prit sa guitare. D'une voix mélancolique, il évoqua le berceau de l'humanité:

Je suis l'Afrique
L'ancêtre des Africains
La source des cours d'eau
Qui coulent dans les veines de l'Afrique.
Je suis l'Afrique
Le vent qui mugit dans les forêts africaines
L'orage qui fait trembler l'Afrique.
Je suis l'Afrique
Souffle de vie qui anime les Africains
Sève qui nourrit le baobab de l'Afrique.
Je suis l'Afrique
L'amour qui soude les Africains

3 **empirer:** sich verschlechtern. | 6 **sauvé, e:** gerettet. | 10 **un obstacle:** Hindernis. | **les retrouvailles** (f. pl.): das Wiedersehen. | 11 **pas des moindres:** nicht gerade die kleinsten. | 13 **le berceau:** Wiege. | 19 **mugir:** heulen, sausen, brausen. | 23 **la sève:** Saft. | 25 **souder:** zusammenschweißen.

L'astre qui luit au firmament de l'Afrique.
Le Zaïre, le Congo, le Ghana
Le Mali sont mes enfants
La Zambie, le Togo, le Rwanda
Sont faits de mon sang
L'Éthiopie, le Tchad, la Libye ont tété de mon lait.
Mes enfants
Armés par des mains diaboliques s'entretuent
Des ennemis sont tombés sur mes enfants
Comme un essaim d'abeilles.
Écoutez les crépitements de leurs armes meurtrières
Écoutez les cris de détresse de mes enfants torturés
Je m'en vais porter plainte chez le Grand Juge
Plainte contre ceux qui saignent l'Afrique.
Un jour, devant l'histoire,
Le sang de mes enfants criera
VENGEANCE!

Avant de se coucher, il se rappela qu'il n'avait pas encore lu la lettre que le facteur avait glissée en dessous de sa porte, le matin. Il y a des circonstances de la vie qui vous font craindre la moindre correspondance … La lettre venait de quelqu'un dont il ne pouvait pas se souvenir.

1 **un astre:** Gestirn. | **luire:** leuchten. | 6 **téter:** (Milch) saugen. | 10 **un essaim d'abeilles** (f. pl.): Bienenschwarm. | 11 **meurtrier, -ière:** mörderisch. | 12 **torturer qn:** jdn. quälen. | 14 **saigner qn:** jdn. zur Ader lassen, ausbluten, ausnehmen. | 17 **la vengeance:** Rache. | 21 **la moindre correspondance:** hier: das unbedeutendste Brieflein.

Salut Masikini!

Je m'appelle Thi Thuy Lien, mais mes amis disent simplement Lien, c'est plus court. Je suis d'origine vietnamienne.

Peut-être que vous ne vous souvenez pas de moi, mais j'ai assisté à votre sympathique discours ce vendredi 18 avril au collège Sainte-Gertrude de Nivelles. Vous savez quoi? Ma famille et moi-même avons été très longtemps réfugiés et je pense sincèrement que dans un avenir très proche, vous allez pouvoir revoir votre femme et vos enfants, quelle que soit l'issue que les autorités belges voudront bien réserver à votre demande.

Si vous n'y voyez pas d'inconvénient, j'aimerais avoir l'âge et l'adresse de vos enfants. Ma sœur, mon frère et moi pourrions leur écrire pour qu'ils nous parlent de l'Afrique que nous connaissons si mal. Nous leur parlerons des choses d'ici. J'ai envie d'apprendre à mon frère de huit ans qu'il existe d'autres gens, d'autres cultures. Lui faire comprendre que les différences ne sont pas un obstacle à l'amitié.

Je voudrais aussi que vos enfants sachent qu'ils ont des amis dans le monde et qu'ils seront attendus, le jour où ils viendront. Je voudrais que vos enfants sachent qu'ils peuvent avoir des amis même s'ils ne les connaissent pas. Mes salutations à vos enfants et à votre femme, je sais qu'ils vous manquent, surtout en ce moment où tout le monde s'apprête à bien fêter Noël en famille!

Bien à vous! Lien.

8 **le réfugié / la réfugiée:** Flüchtling. | 10 **une issue:** Ausgang (hier: des Verfahrens). | 11 **la demande** (*d'asile*, m.): Asylantrag. | 12 **un inconvénient:** Nachteil. | 26 **s'apprêter à faire qc:** sich anschicken, etwas zu tun.

Un homme déprimé est comme une batterie à plat et une lettre comme celle-là était de celles qui rechargent des batteries. Lien était l'une des personnes capables de redonner du courage à ceux qui marchent ployés, n'en pouvant plus de supporter le poids des regards hostiles. Cette nuit-là, Masikini vit en rêve sa femme et ses enfants, il rêva que Marc s'était endormi dans ses bras.

1 **une batterie à plat:** leere Batterie. | 2 f. **recharger qc:** etwas wieder aufladen. | 4 **ployé, e:** gebückt, stöhnend, leidend. | 5 **hostile:** feindlich.

13. Dans le labyrinthe de la bureaucratie

Comme tous les rêves, le sien disparut au matin. Mais plutôt que d'être déçu, il était revigoré, bien décidé à se battre et à faire en sorte que sa situation évolue. Le premier coup de fil de la journée fut destiné à l'Office des étrangers:

– Allô! … Puis-je parler au juriste qui traite les dossiers du regroupement familial?

– Oui, monsieur, qu'est-ce qu'on peut faire pour vous?

– Me dire si vous allez bientôt m'accorder le visa regroupement familial …

– Votre nom et le numéro de votre carte, monsieur …

Au bout de quelques minutes qui lui parurent une éternité, le juriste lui répondit:

– Votre dossier n'est pas en ordre, il manque l'acte de mariage et les attestations de naissance des enfants …

– Pourriez-vous me permettre de chercher et de vous apporter les documents qui manquent à mon dossier?

– Non, monsieur, c'est votre femme qui doit les déposer à l'ambassade dans votre pays; l'ambassade se chargera de transmettre.

– L'ambassade dans mon pays se trouve à deux mille kilomètres de l'endroit où réside ma femme, monsieur, et le pays est en guerre …

– Désolé, monsieur, nous ne pouvons pas vous aider autrement … à moins que vous contactiez le ministre … Il pourrait changer la loi pour vous …

3 **revigorer qn:** jdn. wieder kräftigen, wieder beleben. | 4 **faire en sorte que:** alles tun, damit. | 7 **le regroupement familial:** Familienzusammenführung. | 12 **parurent:** p.s. von *paraître.* | 15 **une attestation de naissance** (f.): Geburtsurkunde. | 22 **résider:** wohnhaft sein.

Le match était lancé: «Allô, l'ambassade! Posez la question à l'Office des étrangers ... Allô l'Office ... Adressez-vous au consulat ... Allô, le consulat ... Posez la question à l'ambassade.» Masikini apprit plus tard que son épouse avait bel et bien déposé tous les documents au consulat mais que là, le brave consul trouvait toujours, au nom de la loi belge, un papier mal signé, un document fantaisiste! De Bruxelles, Masikini téléphona à sa femme et lui demanda de tout recommencer.

– Où veux-tu que je trouve l'argent pour faire toutes ces démarches, mon chéri? répliqua sa femme.

– Tu peux vendre le congélateur ...

Il fallut plus de quatre mois pour que le dossier remonte de nouveau la filière. La réponse tomba comme un couperet: «Nous ne pouvons pas octroyer le visa à votre famille: les documents ne sont pas légalisés.»

– Comment peux-tu envoyer des documents non légalisés? demande Masikini à sa femme.

– Je respecte les consignes du consul, c'était à lui de me dire si les documents étaient en ordre ou pas. Je te signale aussi que tu vois les choses à partir de la Belgique, mon chéri. Ici, dans les bureaux où je vais chercher les documents, on ne déroule pas le tapis rouge pour m'accueillir.

7 f. **un document fantaisiste:** Scheindokument, gefälschtes Papier. | 12 **le congélateur:** Gefrierschrank. | 13 f. **remonter la filière:** den Weg durch die behördlichen Instanzen zurückfinden (*la filière:* der Dienstweg). | 14 f. **le couperet:** Fallbeil (bei der Guillotine). | 15 **octroyer un visa:** Visum erteilen. | 16 **légaliser qc:** hier: etwas amtlich beglaubigen. | 19 **la consigne:** Anweisung. | 23 **dérouler le tapis rouge** (loc.): den roten Teppich ausrollen.

– Ce n'est pas facile non plus pour moi en Belgique, fais un effort pour t'assurer que tout est en ordre.

Au troisième essai, Masikini, optimiste, se demandait bien quel prétexte les autorités belges allaient encore évoquer. Trois mois plus tard, c'est avec empressement qu'il ouvrit la lettre de l'ambassade: «Pas de visa: l'avocat qui a légalisé vos documents n'est pas habilité pour cette mission»!

Masikini faillit s'évanouir. Un compatriote lui expliqua que la Belgique avait désigné au Zaïre quelques bons avocats et que c'était à l'un d'eux qu'il fallait s'adresser. Le malheur? La lettre de l'ambassade ne lui disait pas qui était le bon avocat. Aidée par les Belges du Zaïre, madame Masikini finit par trouver le bon avocat. Celui-ci, sachant qu'il était le bon, lui demanda 15 000 francs belges pour signer quelques papiers!

Tout est bien qui finit bien, se dit madame Masikini qui brûlait d'envie de revoir son mari. Elle se rendit au consulat pour retirer le visa, la brave dame lui tendit une lettre de l'ambassade: «Vos enfants ont été déclarés avec retard. Leurs attestations de naissance auraient dû être précédées d'un jugement supplétif du tribunal.» En attendant que les autorités veuillent bien programmer l'audience et que le jugement soit rendu, on était parti pour l'éternité. L'idée vint à Masikini d'aller voir les autorités belges, de leur expliquer que son pays était en guerre et que si le vrai souci des autorités était de ne pas se laisser berner, il y avait bien d'autres

7 **habilité, e:** ermächtigt, berechtigt. | 8 **faillir s'évanouir:** fast in Ohnmacht fallen. | 16 **Tout est bien qui finit bien** (loc.): Ende gut, alles gut. | 17 **brûler d'envie de:** lechzen nach. | 21 **un jugement supplétif** (jur.): Zusatzerklärung, Ergänzungsklausel. | **le tribunal:** Gericht. | 26 **berner qn:** jdn. täuschen, reinlegen.

voies pour vérifier qu'il s'agissait bien de sa famille. Aux États-Unis d'Amérique, on accepte comme preuve le livret de baptême ou toute autre attestation signée par une personne digne de foi.

À l'Office des étrangers, Masikini buta sur un policier consciencieux:

– Qu'est-ce vous que venez faire ici, monsieur? lui demanda-t-il.

– Je viens voir le responsable du service des visas.

Le policier lui dit d'attendre un moment, il lui remit par la suite un papier avec un numéro de téléphone en lui disant: «Vous voyez le bâtiment en face de vous? ... C'est la gare du Nord. Allez-y, vous verrez des cabines téléphoniques. De là, vous téléphonez.» Masikini n'en crut pas ses oreilles, il se révolta:

– Mais, monsieur, je suis déjà à l'intérieur et vous me demandez d'aller téléphoner!

– Ah oui, répondit le policier, c'est le règlement! Celui que vous voulez voir n'a pas le droit de recevoir des gens, il peut tout au plus répondre au téléphone.

Masikini prit son mal en patience. Il se demanda s'il n'y avait pas une certaine complicité entre les autorités et la société qui s'occupe du téléphone en Belgique.

2 f. **le livret de baptême** (m.): Taufbüchlein, Taufzeugnis. | 4 **digne de foi:** glaubwürdig. | 5 **buter sur:** stolpern über. | 6 **consciencieux, -euse:** gewissenhaft, pflichtbewusst, diensteifrig. | 21 **prendre son mal en patience** (loc.): es geduldig ertragen, sich in Geduld üben. | 22 **la complicité:** Komplizenschaft, Beihilfe, Mitschuld.

14. Hospitalité

Il profita de sa présence à Bruxelles pour visiter le quartier zaïrois d'Ixelles. Pour rentrer chez lui, le soir, il prit place à bord du train de Louvain-la-Neuve, avec l'espoir de prendre une correspondance à Ottignies. Le contrôleur examina son billet et lui dit:

– Monsieur, je suis au regret de vous signaler qu'à cette heure vous n'aurez pas de correspondance ..., vous auriez dû partir plus tôt de Bruxelles.

Le Noir ne répondit pas, il lui était déjà arrivé de parcourir à pied la dizaine de kilomètres entre Ottignies et chez lui. Le problème? Il faisait froid et obscur!

Après le passage du contrôleur, une jeune fille noire vint rejoindre Masikini.

– J'ai suivi votre entretien ... qu'est-ce que vous allez faire?

– Je ne sais pas ... arrivons d'abord à Ottignies ... de là j'apprécierai.

– Excusez-moi, monsieur, mais votre visage me dit quelque chose, je ne sais pas où je vous ai vu ... mais ce que je voudrais, c'est vous dire que si demain j'apprends à la télévision qu'on a retrouvé quelque part le corps sans vie d'un Noir et qu'il s'agit de vous, je me culpabiliserai. J'habite Louvain ... où j'étudie. Nous vivons à quatre dans un appartement où, en plus des chambres individuelles, nous avons un bureau dans lequel nous étendons un matelas pour nos visiteurs. Si vous n'y voyez pas d'inconvénient,

1 **l'hospitalité** (f.): Gastfreundschaft. | 17 f. **de là j'apprécierai:** hier: dort schaue ich dann weiter (*apprécier:* schätzen). | 26 **étendre:** ausbreiten. | **le matelas:** Matratze.

vous pouvez venir avec moi. Vous partirez chez vous demain.

Masikini n'hésita pas. Il se souvint d'un proverbe de chez lui qui dit que ce sont les affrontements les plus déconseillés qui provoquent le plus de décès. Stéphanie lui prépara un bon petit repas.

– Ça vous dérange de me parler un peu de vous? lui demanda-t-elle.

– Je viens de Lubumbashi où j'ai travaillé d'abord comme professeur avant de m'adonner au journalisme. J'ai même été directeur dans une école de filles.

– Quelle école?

– Lycée Sainte-Marguerite.

– C'est pas vrai! s'exclama Stéphanie.

– Pourquoi ...?

– Mais je suis une ancienne élève de Sainte-Marguerite, j'ai terminé en 1979!

– Eh bien, j'ai été directeur de votre ancienne école à partir de 1980!

L'occasion était belle pour évoquer des souvenirs communs. Qu'est devenu Un tel? Et Une telle? Ils parlèrent au point d'oublier qu'il fallait se reposer. Vers trois heures du matin, Stéphanie montra à son invité où il devait dormir. Le lendemain, Masikini frappa à la porte de la fille:

– Merci pour l'hospitalité, Stéphanie; je dois partir tôt pour te permettre d'aller au cours.

– Ah non, monsieur, vous n'allez pas vous en tirer comme cela ... prenez votre douche, tout est préparé. Nous

4 **un affrontement:** Konfrontation, Auseinandersetzung. | 4 f. **déconseillé, e:** nicht empfehlenswert/ratsam. | 10 **s'adonner à qc:** sich etwas widmen.

prendrons ensemble une tasse de café et vous partirez après.

Stéphanie était originaire du Kasaï et elle pouvait être autoritaire. Au petit déjeuner, un jeune médecin vint se joindre à eux; elle le lui présenta, c'était son fiancé. Au moment où Masikini se décida finalement à partir, Stéphanie lui dit: «Merci de m'avoir fait confiance, revenez quand vous voudrez!»

5 **le fiancé / la fiancée:** Verlobte(r).

15. Que vienne le Noël de l'amour

Cette rencontre lui avait permis de se remonter le moral, car les démarches à Bruxelles avaient été fort décevantes! Dans le train, en pensant à sa famille, il se mit à fredonner une chanson de Michel Prophette:

Par les chemins du monde entier,
il y a trop d'enfants qui ont mal et qui pleurent;
Oh! ils n'ont pas leur part d'amour,
mais nous fermons nos yeux, ils sont si loin de nous.
Par les chemins du monde entier,
il y a trop de gens qui se traînent et qui meurent;
Oh! ils n'ont pas leur part de pain,
mais nous fermons nos mains, leur faim n'est pas à nous.
Oh! Noël, que vienne le Noël de l'amour!

Les champs étaient recouverts de neige. Le Noël qui s'annonçait blanc serait triste pour lui et pour tant d'autres. L'Europe a ses pauvres, ceux qui souffrent plus de la solitude que de l'absence de biens matériels. Des associations s'organisaient pour qu'au moins le jour de Noël personne ne se sente abandonné. Mais aucune initiative ne ferait oublier à Masikini que ses enfants étaient loin de lui. Il adressa ce jour-là une lettre au Père Noël, une lettre au nom de tous les enfants d'Afrique, des enfants qui chaque année se demandent pourquoi Père Noël ne se donne pas la peine de répondre aux lettres des enfants du Tiers-Monde. Il était

3 **décevant, e:** enttäuschend. | 4 **fredonner:** summen. | 11 **se traîner:** sich mühsam dahinschleppen. | 12 **la part:** Teil. | 25 **le Tiers-Monde:** Dritte Welt.

tellement proche des exclus que les phrases se suivaient, comme dictées par un enfant en lui.

Très Cher Père Noël,

Cette fois encore, je déposerai ma lettre dans une poubelle au coin de la rue, dans l'espoir qu'après avoir fait le tour des maisons, tu n'oublieras pas les enfants de la rue, ceux qui errent çà et là, sans savoir où la nuit les surprendra et qui n'ont ni cheminée ni toit par où te faire parvenir une lettre.

Le fait que tu n'aies pas répondu à mes précédentes lettres ne me décourage pas. N'est-il pas écrit quelque part: «Frappez et l'on vous ouvrira, demandez et l'on vous donnera»? Je viens frapper encore, pleine d'espoir et de foi.

Je m'appelle Fulani, habitante de Nzadi dans la riche province du Katanga. La ville où j'habite connaît une suite de misères: pillage, épuration ethnique. Tous mes amis sont partis, les uns au Kasaï, les autres en Zambie ... Mon père est mort après avoir ingurgité une bouteille d'alcool alors que son ventre criait famine. Je le comprends, il voulait noyer ses soucis: son salaire mensuel (l'équivalent du prix d'un pain) ne lui avait toujours pas été versé. Quelques jours après, ma mère est morte suite à une intervention chirurgicale mal pratiquée. Nous avons perdu beaucoup de nos médecins! Ils sont partis en Afrique du Sud et en Zambie.

J'ai été recueillie par mon frère qui est vendeur au mar-

7 **errer ça et là:** umherirren. | 9 **le fait:** Tatsache. | 12 **la foi:** Glaube. | 17 **ingurgiter:** hinunterstürzen, leer trinken. | 18 **crier famine:** über Hunger klagen. | 19 f. **l'équivalent** (m.) **du prix d'un pain:** dem Wert eines Brots entsprechend. | **verser le salaire:** den Lohn auszahlen. | 25 **recueillir qn:** jdn. aufnehmen.

ché. Ces derniers temps, les affaires ne marchent pas, je pensais que c'était à cause de la monnaie qui fluctue avec l'arrivée des cartons d'argent ... mais le prophète consulté a dit que c'est moi la sorcière. Mon grand-frère m'a alors punie pour me faire avouer mes forfaits.

Ainsi, je me suis retrouvée à la rue, ramassant ma nourriture dans la poubelle, exploitée par les mamans vendeuses, proie facile pour les militaires qui, la nuit, venaient abuser de moi. Je ne suis pas seule, heureusement. Ma copine Misenga est sorcière elle aussi. Son père a perdu son travail à cause de l'épuration ethnique. Après des jours de sous-alimentation, quatre de ses frères sont morts en l'espace d'une semaine. Le dernier disait avant de s'éteindre: «Je meurs, donnez-moi à manger». Dans ce cas comme dans le mien, un prophète a accusé Misenga. Elle a accepté et elle s'est retrouvée à la rue. Ses parents ont divorcé.

Très cher Père Noël, nous avons été ramassées par le père Mario, un Salésien, qui s'occupe de nous, mais il n'a pas suffisamment de moyens pour nourrir tous les enfants de la rue. Alors, si tu pouvais penser à lui ... Il n'a pas besoin de chocolat ni de jouets mais d'une bouillie de soja pour nous maintenir en vie. Par mesure de prudence, ne

2 **la monnaie qui fluctue:** hier: fluktuierende Währung, steigende Inflation. | 4 **la sorcière:** Hexe. | 5 **le forfait:** Freveltat, Untat, Verbrechen. | 8 **la proie:** Beute. | 9 **abuser de qn:** jdn. missbrauchen, vergewaltigen. | 12 **la sous-alimentation:** Unterernährung. | 14 **s'éteindre:** entschlafen, verscheiden. | 17 **divorcer:** sich scheiden lassen. | 19 **les Salésiens:** Salesianermönche (Pioniere der pädagogischen Jugendarbeit). | 20 **le moyen:** Mittel. | 22 **la bouillie de soja:** Sojamus. | 23 **maintenir en vie:** am Leben erhalten. | **la prudence:** Vorsicht.

passe pas par les hommes politiques pour lui répondre. Nous avons vainement espéré de ce côté-là.

Surtout, très cher Père Noël, n'oublie pas les enfants qui vivent avec frère Mutombo, ceux qui sont à la maison des jeunes, et les malheureux qui sont encore à la rue. Que le jour de Noël, les poubelles soient remplies pour qu'il y ait Noël au ciel, Noël dans les maisons et Noël dans la rue. Noël au Nord mais aussi Noël au Sud.

Je ne sais pas si, l'an passé, tu t'es trompé en chargeant les conteneurs destinés à l'Afrique. Ils étaient chargés d'armes! Alors, au lieu de fêter Noël avec les autres enfants du monde, nous n'avons fait qu'enterrer nos morts.

Au revoir, Très Cher Père Noël, j'espère que tu ne nous oublieras pas cette fois.

La Belgique avait revêtu sa robe de fête. Les façades des maisons étaient parées de guirlandes dont les jeux de lumière ressemblaient à une constellation d'étoiles. Sur les vitrines des magasins, Père Noël tirait son traîneau chargé, pressé qu'il était de répondre aux vœux de ceux qui lui avaient écrit. L'Europe profane transpirait un air de fête. À l'occasion de Noël, les membres des familles se retrouvaient.

Le téléphone sonna chez Masikini.

– Allô, Masikini à l'appareil, à qui ai-je l'honneur s'il vous plaît?

– Jules ... Bonsoir, Masikini, eh bien, c'est Noël au-

16 **revêtir** (*une robe*): anziehen. | 17 **paré, e de qc:** mit etwas geschmückt. | 19 **le traîneau:** großer Schlitten. | 20 **les vœux** (m. pl.): Wünsche. | 21 **profane:** profan, weltlich, nicht religiös.

jourd'hui, ma femme et moi nous vous proposons de passer la soirée ensemble si vous n'y voyez pas d'inconvénient.

– Avec plaisir ... je serai chez vous ce soir.

Il était content de passer la soirée avec des amis. Jules et sa femme chantaient avec lui dans la chorale du village et Jules faisait partie des gens de qui Masikini se sentait proche. L'occasion était belle pour faire connaissance avec les enfants de ses amis. Marie, l'aînée, était à l'âge où l'on aime la vie et la liberté. Elle était d'une spontanéité telle qu'on était tout de suite à l'aise en sa compagnie. Lorsque son père lui présenta son ami en insistant sur le fait que c'était un ancien prof et qu'il avait une plume facile, Marie réagit à sa manière: «Ouais! Ainsi donc il pourra faire mes dissertations!»

Ils mangèrent ensemble, dans un climat chaleureux qui fit plaisir à Masikini. Vers vingt-trois heures, au moment des cadeaux, Masikini fit semblant de s'intéresser à autre chose. Il ne se sentait pas du tout concerné. Le premier cadeau fut pour le fils de la famille. Ce fut ensuite le tour de la grande fille, de la mère et du père. Ô surprise! Il y avait un dernier paquet. Il était prévu pour Masikini. Chacun ouvrit son paquet et le Noir se rendit compte que la joie d'un cadeau est plus dans le geste que dans la valeur de l'objet.

– Tu peux ouvrir ton cadeau, lui dit Marie.

Masikini avait déjà mis son paquet dans sa mallette; il expliqua plus tard qu'en Afrique, les sentiments se lisent sur le visage. Il vaut donc mieux cacher la déception que

8 **l'aîné, l'aînée:** der, die Älteste. | 11 **insister sur qc:** etwas betonen, unterstreichen. | 14 **la dissertation:** hier: Aufsatz, Erörterung. | 17 **faire semblant:** so tun als ob. | 25 **la mallette:** Köfferchen, Tasche.

provoquerait un cadeau plutôt que de la montrer. C'est pourquoi l'Africain dira: j'ouvrirai mon cadeau plus tard.

Masikini ouvrit le paquet, son visage s'illumina: c'était l'un des plus beaux cadeaux qu'il ait reçus en Europe. Il ne s'agissait ni d'or ni d'un quelconque matériel électronique, il ne s'agissait ni d'un livre, ni d'un vêtement. Il s'agissait tout simplement d'une bougie! Une simple bougie.

Lorsqu'à son retour, il brandit son cadeau comme un trophée, ses voisins s'exclamèrent: «Il est fou!» Comment pouvait-il se réjouir d'une bougie, s'il n'était pas fou, en effet? Masikini leur répondit: «Vous n'avez rien compris, mes amis. Cette bougie est un symbole, un symbole de la lumière …»

– En Belgique, il y a de l'électricité, on n'a pas besoin d'une bougie pour s'éclairer comme dans les villages d'Afrique, lui rétorqua l'un de ses interlocuteurs. Ici, même les autoroutes sont éclairées.

– Il y a plusieurs sortes de lumière, mes amis, reprit Masikini. Lorsque j'aurai le cafard, lorsque je serai découragé, eh bien je fermerai porte et fenêtres de ma chambre, j'éteindrai toutes les lumières et j'allumerai cette bougie. Sa lumière me revigorera, elle me donnera la force de continuer la lutte. Voici le sens de cette bougie.

Père Noël répondit à sa lettre: après la messe de Minuit, Paul, l'animateur de la chorale, lui remit une enveloppe en lui disant tout simplement: «Pour marquer notre solidarité avec toi et avec ta famille.»

3 **s'illuminer:** sich aufhellen, vor Freude strahlen. | 7 **la bougie:** Kerze. | 8 f. **brandir un trophée:** eine Trophäe schwingen, emporheben. | 19 **avoir le cafard** (loc.): Trübsal blasen, mutlos/deprimiert sein. | 23 **la lutte:** Kampf. | 25 **une enveloppe:** Umschlag.

Masikini, ému, dit tout simplement merci. Une autre enveloppe lui vint de Suzanne, une brave dame qu'il avait rencontrée lors d'une assemblée de l'Église protestante. Invité à conclure un débat sur les difficultés que rencontrent les étrangers en Europe, Masikini avait dit: «Imaginez la joie d'un étranger qui entendrait au bout du fil une personne qui lui dirait: «Ici Suzanne, je t'appelle pour prendre de tes nouvelles …»

Le prénom de Suzanne lui était cher parce que c'était celui de sa mère. Mais voilà, par coïncidence, il y avait donc dans la salle une Suzanne qui prit pour elle la remarque. «Je n'aime pas le téléphone, avoua-t-elle. Que monsieur ait cité par hasard mon prénom … c'est peut-être Dieu qui m'interpelle et qui m'invite à être à l'écoute.»

Suzanne prit donc l'habitude de téléphoner à Masikini, elle l'invita à maintes reprises et lui refila à chaque fois un bouquin dans lequel il pouvait trouver des raisons d'espérer.

4 **conclure un débat:** Diskussion abschließen. | 11 **la remarque:** Bemerkung. | 16 **à maintes reprises** (f. pl.): unzählige Male. | **refiler qc à qn** (fam.): jdm. etwas geben, unterjubeln. | 17 **le bouquin** (fam.): Buch.

16. Entre solidarité et xénophobie

La solidarité avait un autre visage en Europe. Masikini s'en rendait compte de jour en jour. La solidarité, ce sont tous ces hommes et ces femmes qui se mobilisent. Certains sont regroupés en association, d'autres répondent individuellement aux appels au secours. Certains poussent la bonne volonté jusqu'à désobéir à la loi quand il s'agit par exemple de cacher un clandestin. Un projet de loi était au programme des débats parlementaires. Il s'agissait de la loi de la répartition, un moyen pour éviter les ghettos et faire en sorte que la procédure de demande d'asile soit brève et rapide. Cette loi veut que les étrangers soient répartis dans toutes les communes de la Belgique. Les réactions étaient divergentes. Les uns trouvaient que la répartition portait atteinte aux libertés individuelles, d'autres que cela éviterait à certaines communes de porter à elles seules le poids de l'immigration.

Dans une commune riche, les autorités décidèrent d'ouvrir une maison d'accueil pour les jeunes de moins de dix-huit ans. On trouve en effet des enfants parmi les demandeurs d'asile. La chance qu'ils ont d'être acceptés n'est pas supérieure à celle des adultes, mais en cas de refus, ils bénéficient au moins d'un sursis avant d'être expulsés.

Les autorités de cette commune se dirent donc qu'il va-

1 **la xénophobie:** Fremdenfeindlichkeit. | 5 **une association:** Verein, Vereinigung. | 7 **désobéir:** ungehorsam sein, sich widersetzen. | 8 **le clandestin:** illegaler Einwanderer. | 10 **la répartition:** Aufteilung (hier: Zuteilung der Asylbewerber an Regionen, Gemeinden). | 14 **divergent, e:** unterschiedlich. | 22 **un/une adulte:** Erwachsene(r). | 22 f. **bénéficier de qc:** von etwas profitieren. | 23 **le sursis:** Aufschub.

lait mieux ouvrir une maison d'accueil pour treize adolescents plutôt que d'accueillir des adultes qui viendraient chacun avec sa famille. En accueillant des enfants, ils pouvaient les encadrer de façon à ce qu'au jour de l'expulsion, ils aient au moins une formation qui leur permettrait de travailler dans leur pays.

L'idée du ministre était bonne mais elle n'enchantait pas tout le monde dans la commune.

– Que viennent-ils faire chez nous? s'interrogeaient certains …

– Qu'ils aillent voir ailleurs … disaient les autres.

Tout le monde convint qu'il valait mieux parler avec les habitants d'un village avant d'installer chez eux des étrangers. Masikini fut donc invité à une rencontre de sensibilisation. Il ne s'était jamais imaginé que tout un village ferait des problèmes parce qu'on leur envoyait treize adolescents venus de loin.

La séance était prévue pour vingt heures. Il faisait froid. Les voitures de luxe s'alignèrent l'une derrière l'autre sur la chaussée. Les arrivants avaient l'air si sérieux que Masikini se demanda s'il n'avait pas tort de se retrouver là à ce moment. Les autorités communales, elles non plus, n'avaient pas l'air rassuré. «Peut-être qu'ils nous apportent une pétition», lança quelqu'un, l'air dépité. L'appréhension était d'autant plus forte qu'un monsieur arriva, serra la main de tout le monde sauf celle du Noir!

4 **encadrer qn:** jdn. flankieren; hier: jdn. betreuen. | 12 **convenir de qc** (p.s. *il convint*): sich einig werden, sich einigen. | 14 **la rencontre:** hier: Meeting. | 23 **rassuré, e:** beruhigt. | 24 **dépité, e:** verdrossen, missmutig. | **une appréhension:** Befürchtung. | 26 **sauf:** außer.

Lorsque tout le monde fut installé, une personne, parmi les responsables, dit à Masikini: «Ne viens pas avec nous à l'estrade, reste dans le fond de la salle, nous te ferons intervenir au moment opportun.» Devant l'étonnement du Noir, une autre personne ajouta: «Ne le prends pas mal, il y a de l'électricité dans l'air, il ne faut pas donner aux gens l'impression que toi aussi tu es venu leur donner des leçons.»

Le débat ne fut pas long. Aussitôt la séance introduite, les arguments contre le projet fusèrent de toutes parts:

«Que viennent-ils faire chez nous? Nous les aimons bien, mais qu'ils restent chez eux. Ils nous ont chassés dès que nous leur avons donné l'indépendance, alors qu'ils restent chez eux. Nous leur avons laissé des écoles, des routes, des hôpitaux, qu'est-ce qu'ils en ont fait?»

On pouvait lire sur les visages une agressivité difficile à contenir. Masikini se dit que ce ne serait pas lui en tout cas qui viendrait habiter là.

«Je ne sais pas ce qu'ils viennent faire chez nous, reprit le conférencier, mais nous avons dans la salle un Africain, il pourrait peut-être nous dire ce qu'il vient chercher chez nous». C'était le mot de passe que Masikini attendait. Les regards convergèrent vers lui. Ceux qui n'avaient jamais vu un Noir de près se demandaient dans quelle langue il allait s'exprimer. Il se racla la gorge et y alla d'un petit discours: «Je vous remercie, mesdames et messieurs, de cette oppor-

3 **une estrade:** Podium. | 4 **opportun, e:** angebracht, günstig, ratsam. | 10 **fuser de toutes parts** (loc.): von überall her ertönen. | 17 **contenir qc:** hier: etwas in Schach halten, zügeln, bändigen. | 22 **le mot de passe:** hier: Stichwort. | 23 **converger:** zusammenlaufen. | 25 **se racler la gorge:** sich räuspern. | 26 f. **une opportunité:** Gelegenheit.

tunité que vous me donnez de pouvoir vous parler. Je ne plaide pas ma cause mais celle des treize enfants du monde que vous pourriez accueillir et encadrer. Il est possible que vos craintes soient plus motivées par la peur de l'inconnu que par un manque d'hospitalité. Vous avez raison de chercher à savoir qui nous sommes, d'où nous venons et ce que nous venons chercher chez vous ...»

Masikini rappela alors son histoire, il insista sur des noms comme Léopold II, des dates comme 1908, sur l'exploitation minière, la sécession katangaise ... Il expliqua le rôle des riches dans les conflits qui font des ravages dans les pays dits pauvres, il leur dit qu'il y a sur cette terre des pauvres parce qu'il y a des riches. «Que vous vous mettiez en colère parce qu'on vous envoie deux cents personnes, je comprendrais; mais ce que l'on vous demande aujourd'hui, c'est d'accepter chez vous treize enfants qui ne font d'ailleurs que passer ...»

Pendant qu'il parlait, l'on pouvait entendre voler une mouche. Le Noir avait le verbe facile, il marquait des points. À la fin, il se permit de taper plus fort en racontant: «En prenant le train pour venir ici, j'ai demandé où se trouvait cette salle de réunion. On m'a dit: «Tu descends du train, tu regardes devant toi, tu verras le clocher de l'église.» Je me demande si ce clocher ne sert plus chez vous que de poteau indicateur, ou s'il parle encore à vos cœurs! Quelqu'un

2 **plaider la cause de qn:** ein Plädoyer für jdn. halten. | 3 **accueillir:** aufnehmen, willkommen heißen. | 5 **un manque d'hospitalité** (f.): Mangel an Gastfreundschaft. | 9 f. **l'exploitation** (f.): Bergbau, Ausbeutung. | 10 **la sécession:** Sezession, Abspaltung. | 11 **faire des ravages** (m. pl.): Schäden/Verheerungen anrichten. | 23 **le clocher de l'église** (f.): Kirchturm. | 24 f. **le poteau indicateur:** Wegweiser.

dans la salle a dit que les Européens ont été chassés de l'Afrique … Êtes-vous sûrs, messieurs, de ne plus tirer les ficelles de ce qui s'y passe?»

Masikini leur dit qu'il avait travaillé dans une société où la première opération consistait à aller chercher le cuivre dans la mine tandis que la dernière opération consistait toujours à charger les produits miniers dans des bateaux à destination des pays riches … tout cela aux prix fixés par les acheteurs …

Le débat se poursuivit, houleux. Masikini eut une fois de plus le plaisir d'admirer l'esprit de contradiction et la tolérance qui font qu'en Europe, il y a des garde-fous pour éviter les dérives des pouvoirs totalitaires. Une femme prit la parole et, contre toute attente, abonda dans le même sens que Masikini: «En pareilles circonstances, dit-elle, on parle beaucoup de ceux qui sont contre le projet, mais jamais assez de ceux qui sont d'accord, peut-être parce qu'ils ne crient jamais aussi fort que les autres. De quoi avez-vous peur? Ces enfants-là ne viendront pas grappiller dans vos assiettes, et, en plus, ils ne font que passer …»

«Ils ne passeront pas, coupa un homme, ils trouveront ici le paradis et je vous demande de me croire, ils s'incrusteront.»

«Si les biens matériels constituaient le paradis, reprit

2f. **tirer les ficelles** (f. pl.; loc.): Fäden ziehen. | 5 **le cuivre:** Kupfer. | 6 **tandis que:** während (Vergleich). | 10 **un débat houleux:** heftige, hitzige Debatte. | 12 **le garde-fou:** Geländer; hier: Schutzmaßnahme. | 13 **la dérive:** Abdriften, Auswüchse. | 14f. **abonder dans le sens de qn:** jdm. beipflichten. | 19f. **grappiller dans vos assiettes:** aus euren Tellern stehlen. | 23f. **s'incruster:** sich einnisten, sich definitiv niederlassen.

Masikini, il y aurait plus de suicides au Sud qu'au Nord. Pourtant …»

La séance prit fin sans que les violons se soient bien accordés. Il y avait déjà dans ce village-là une maison des enfants du juge et ils en faisaient voir aux habitants. Ces derniers n'avaient donc pas tout à fait tort de s'inquiéter.

Ce soir-là, Masikini dormit paisiblement, il avait le sentiment d'avoir rendu un service aux enfants qui cherchaient une terre d'asile. Mais ce qu'il ne savait pas, c'est que le vrai match se jouait derrière lui. Pendant la séance, un homme avait demandé aux initiateurs du projet pourquoi ce village-là et non un autre? L'homme avait répondu qu'on saisissait l'opportunité d'une maison qui existait déjà. Une maison attenante à celle des enfants du juge. Ainsi donc les esprits téméraires incitèrent-ils les enfants du juge à faire une grève de la faim pour protester contre l'accueil des enfants d'ailleurs … On pouvait ainsi dire: d'accord pour le projet, mais il n'y a plus de maison disponible, nous ne pouvons pas mettre ces enfants-là à côté des autres! Le projet tomba à l'eau. Masikini perdit la chance d'exercer ses compétences de psychologue dans une maison d'accueil pour adolescents!

2 **pourtant:** jedoch, hingegen. | 3 f. **accorder ses violons** (m. pl.): sich abstimmen, sich einigen. | 4 f. **une maison des enfants du juge:** hier: Jugendheim. | 5 **en faire voir** (*de toutes les couleurs*) **à qn** (loc.): hier: jdm. zu schaffen machen, es bunt treiben. | 14 **attenant, e:** angrenzend. | 15 **téméraire:** kühn, verwegen, waghalsig. | **inciter qn à faire qc:** jdn. anstiften, etwas zu tun. | 16 **la grève de la faim:** Hungerstreik.

17. À tout seigneur tout honneur

Au fil des jours, les associations remuèrent ciel et terre pour faire en sorte qu'il y ait des amendements à la fameuse loi de répartition. Il y eut un débat à la télévision auquel Masikini participa. Mais la loi fut finalement votée. La grande question: quel est ce village ou cette ville qui accepterait qu'on lui apporte cent ou deux cents étrangers, même s'il ne s'agit que de gens qui passent? Il faut le reconnaître, sur cent demandeurs d'asile, la Belgique n'en accepte pas plus de quinze!

Masikini reçut une lettre des autorités, on lui demandait de participer à une autre séance de sensibilisation dans un village où la Croix-Rouge comptait installer plus de deux cents demandeurs d'asile. Masikini était inquiet: d'une part, la joie de pouvoir se rendre utile, d'autre part, cette sensation de gêne lorsqu'on a l'impression d'en faire trop. Mais avait-il le choix? Aider ceux qui vous accueillent ou refuser et s'avouer inutile! Il choisit de répondre à l'appel.

Une voiture vint le chercher. Ils partirent loin, au-delà de Namur. La séance était prévue pour trois heures de l'après-midi. Les habitants venaient un à un, apparemment décidés à en découdre avec les initiateurs du projet. Une

1 **à tout seigneur tout honneur:** Ehre, wem Ehre gebührt. | 2 **remuer ciel et terre** (loc.): Himmel und Erde in Bewegung setzen. | 3 **un amendement:** Änderungsantrag, Verbesserungsvorschlag. | 15 **d'une part … d'autre part …:** einerseits …, andererseits …. | 18 **s'avouer inutile:** sich eingestehen, dass man unnütz ist. | 18 f. **répondre à l'appel:** der Aufforderung folgen. | 23 **en découdre avec qn:** gegen jdn. kämpfen, jdn. „verdreschen".

dame avait prévenu Masikini: le contexte ne lui serait pas favorable! Il devrait bien se tenir.

Dès que tout le monde se fut installé, le bourgmestre prit la parole. À peine avait-il souhaité la bienvenue à l'assistance qu'un homme lui arracha la parole. Il vint à l'avant et s'interposa entre les animateurs et le public.

– Hû! Hû! Hû! …

Il le huait comme on le fait d'un voleur en Afrique. Le bourgmestre, un homme de plus ou moins septante ans, essayait autant que faire se pouvait de le calmer. C'est alors qu'un jeune d'une trentaine d'années vint secourir le réactionnaire: «Traître, dit-il au bourgmestre, c'est pour ça que nous t'avons élu? Tu nous as trahis, tu ne peux pas nous parler …»

Masikini eut peur. Il avait grandi dans un contexte où l'âge ajoute à la valeur d'un homme. En principe, en Afrique, le meilleur moyen de s'attirer des ennuis, c'est de manquer de respect aux vieux. Les Noirs d'Afrique sont généralement croyants. Ils adhèrent à une hiérarchisation des forces vitales qui consiste à situer au niveau le plus haut Dieu le créateur. Viennent ensuite les ancêtres, fondateurs des clans, ceux qui sont morts depuis très longtemps. Ils sont suivis par les morts récents, ceux qui cheminent encore et qui cherchent la plénitude. Les vivants viennent complé-

2 **bien se tenir:** sich gut verhalten. | 3 **le bourgmestre** (en Belgique): Bürgermeister. | 8 **huer qn:** jdn. ausbuhen. | 11 **secourir qn:** jdm. zu Hilfe kommen. | 12 **le traître / la traîtresse:** Verräter(in). | 13 **élu, e:** gewählt (*élire:* wählen). | 17 **s'attirer des ennuis** (m. pl.): sich Ärger zuziehen. | 23 **cheminer:** seines Weges gehen; hier: herumgeistern, wandeln. | 24 **la plénitude:** Erfüllung, Glück. | 24 f. **compléter l'échelle** (f.): die Hierarchie-Leiter ergänzen.

ter l'échelle en respectant eux aussi l'ordre: vieux, adultes, enfants, animaux, plantes ... Un poète africain a écrit que les morts ne sont pas morts. Parmi les vivants, c'est le vieillard, le patriarche qui peut entrer en communication avec les esprits, avec ceux qui sont dans l'au-delà. Ils peuvent ainsi solliciter la bénédiction. Le terme «vieux» en Afrique n'a rien de péjoratif. Le vieux tend vers le sacré, il est respecté.

Mais voir là un jeune homme en train de toiser un ancien! Masikini eut peur pour la première fois. Il eut beau se dire qu'il était en Europe, il ne put se tranquilliser. Mais il se consola tout de même en se rendant compte que le vieux lui-même semblait comprendre la réaction de ses administrés.

– Je suis d'accord que vous puissiez vous exprimer, leur dit-il, mais laissez d'abord les visiteurs vous exposer le projet.

– À quoi ça sert de venir nous parler? rétorqua une femme dans la salle, vous avez décidé sans nous, c'est cela la démocratie à la belge?

Le vieil homme finit par obtenir le silence. Il donna la parole à l'équipe venue de Bruxelles. Quand vint le tour de Masikini, il se demanda ce qu'il pouvait bien dire à des gens en colère parce qu'on les mettait devant un fait accompli.

6 **solliciter qc:** etwas erbitten. | 7 **péjoratif, -ive:** abschätzig, abwertend. | **le sacré:** das Heilige. | 9 f. **toiser un ancien:** (sinngemäß:) einen ehrwürdigen alten Herrn provozieren (*toiser:* mustern, verächtlich anschauen). | 10 f. **il eut beau se dire:** er konnte sich noch so sehr sagen. | 12 **se rendre compte de qc:** sich etwas klarmachen, sich über etwas im Klaren sein. | 13 f. **les administrés** (m. pl.): die Bürger. | 24 **un fait accompli:** vollendete Tatsache.

D'autre part, Masikini savait bien quelle réponse les autorités obtiendraient si elles se contentaient de demander l'autorisation des gens avant d'installer chez eux un centre d'accueil. Il avait à la mémoire le souvenir de ces braves gens qui avaient refusé d'accueillir treize mineurs d'âge.

«Je respecte votre colère, leur dit Masikini; je n'ai pas l'intention d'influencer votre décision. Je voudrais seulement vous éviter de décider sur base de préjugés …»

Il leur raconta son histoire, il leur prouva que plus personne au monde ne peut se targuer d'être indépendant vis-à-vis des autres. Un homme lui répondit qu'il voulait bien recevoir l'étranger à sa table mais il fallait d'abord qu'elle soit bien garnie et elle était loin de l'être. Masikini lui répondit que ce n'était pas forcément à la table la mieux garnie que les pauvres trouvent un peu d'espace et d'amitié.

Un jeune homme en colère l'interrompit: «Nous n'avons rien contre vous, monsieur, mais nous voulons que nos autorités comprennent que nous avons nos pauvres. Ils passent la nuit en dessous des ponts. Nous voulons que notre pays s'en occupe plutôt que de se préoccuper des étrangers. Je cotiserais volontiers mille francs pour vous aider, mais à condition que vous restiez chez vous.»

Un homme qui n'avait rien dit jusque-là prit la parole: «Je suis un ancien marin, j'ai voyagé beaucoup à travers le monde, j'ai été en Afrique … je vous assure que les Africains sont formidables, ils sont hospitaliers, ils ne méritent

2 **se contenter de qc:** sich mit etwas zufrieden geben. | 8 **le préjugé:** Vorurteil. | 10 **se targuer de qc:** sich mit etwas brüsten, rühmen. | 22 **cotiser à qc:** seinen Beitrag zu etwas zahlen. | 25 **le marin:** Seemann. | 27 **hospitalier, -ière:** gastfreundlich.

pas que vous les traitiez comme des mendiants. Rappelez-vous aussi ce que nous avons pris chez eux, ce que nous continuons à prendre.» Masikini trouva la force d'ajouter: «Il y aurait probablement moins de guerres si vous fermiez vos industries d'armement.» Il leur dit aussi qu'au vingtième siècle, le travail de chacun constitue le maillon d'une chaîne planétaire … Une chaîne dans laquelle l'Africain a une place sans rapport avec le bénéfice qu'il en retire.

La séance se termina mieux que Masikini ne l'avait espéré. Les habitants avaient surtout besoin d'être rassurés. Comment se passera la vie dans le centre? À qui nous adresser si nous avons une plainte à formuler? Telles étaient les questions sur lesquelles le débat fut clôturé.

Le soir, dans son lit, Masikini sentait son moral remonter. Fini l'anonymat, fini le sentiment d'inutilité. Il devait maintenant faire face à des appels qui venaient de différentes écoles de Belgique. Aux jeunes, il parlait des problèmes d'intégration, de la littérature et de l'ethnopsychiatrie.

Les animations que faisait Masikini l'aidaient à oublier qu'il était seul. Mais bien souvent, les soirées étaient longues, les nuits froides et tristes. Masikini n'avait toujours pas serré son fils Marc dans ses bras. La guerre avait éclaté dans son pays et les autorités belges exigeaient de lui des papiers difficiles à obtenir. Dans les jours qui suivirent, Ma-

1 **le mendiant:** Bettler. | 6 f. **le maillon d'une chaîne:** Glied in einer Kette. | 8 **une place sans rapport avec le bénéfice:** (sinngemäß:) unverhältnismäßig schlechter Platz. | 14 **clôturer** (oder: *clore*) **un débat:** eine Debatte schließen. | 19 f. **l'éthnopsychiatrie** (f.): vergleichende, transkulturelle Psychiatrie.

sikini fut invité à intervenir dans une autre ville. Les choses se passèrent mieux qu'ailleurs. Les Belges s'organisèrent pour rendre le séjour plus agréable et plus bénéfique aux étrangers. Masikini avait apporté sa petite pierre à cet édifice, il pouvait être fier.

Lui qui avait pensé qu'il deviendrait anonyme en Belgique, il était surpris des réactions des Belges suite à ses animations.

3 **bénéfique:** wohltuend, nützlich.

18. Masikini donne du sens à son exil

Un matin, alors qu'il avait le cafard, le facteur lui apporta une lettre, une de ces correspondances qui arrivent à point, comme pour confirmer qu'il y a quelque part un destin qui attribue à chacun un rôle auquel il est inutile de vouloir se dérober. Masikini aimait se comparer à une batterie, eh bien, la lettre tombait à point pour lui redonner de l'énergie.

Monsieur Masikini,
Vous ne le savez peut-être pas, mais vos propos ont éclairé la chandelle de bien des gens. Nous savons si peu de la condition d'émigré et d'immigré …

Pour ma part, j'aime les différences et je voudrais, comme ce jeune Tunisien, Abdel Fatah, que la Belgique soit «belle, plurielle, métissée et impure». Mais il est certain que laisser entrer tous les étrangers qui se présentent à nos portes n'est pas possible. Surtout si c'est pour les parquer comme des bestiaux dans des «camps» comme j'ai appris qu'on allait en construire un à Vottem, pas loin de chez moi. Je suis désolée et je ne vois pas énormément de solutions à tout cela. Comment peut-on refuser le droit d'asile – et d'un asile décent – à tous ceux qui craignent la mort chez eux?

9 f. **éclairer la chandelle à qn** (loc.): jdm. ein Licht aufgehen lassen. | 12 **(moi) pour ma part:** ich für meinen Teil, meinerseits. | 14 **pluriel, le:** vielfältig. | **métissé, e:** durchmischt, multikulturell. | **impur, e:** unrein (ironische Anspielung auf die französische Nationalhymne, in der es heißt: *qu'un sang impur abreuve nos sillons*). | 16 f. **parquer comme des bestiaux:** wie Vieh zusammenpferchen. | 21 **décent, e:** akzeptabel, anständig.

Le problème est, à mon avis, beaucoup plus large, car s'il n'y avait pas tant de problèmes chez tous ces gens, ils ne devraient jamais quitter leur pays. Et ces problèmes sont malheureusement dus – historiquement ou économiquement – à nous, les Occidentaux. Il y a bien sûr l'ONU, les casques bleus, mais ils n'apportent aucune solution à long terme.

Et je vois de plus en plus autour de moi des cas d'immigration qui se présentent à tous les niveaux: il y a d'abord eu dans mon village – des plus privilégiés – une famille zaïroise. La mère s'était réfugiée ici avec ses six enfants … Ils sont restés neuf mois. Les enfants s'étaient bien intégrés à l'école. On les aimait, on avait besoin d'eux comme camarades à part entière. Il y avait alors en tout et pour tout dix-huit étrangers sur notre riche commune. Eh bien, le CPAS a tellement fait pression sur la mère de famille pour qu'elle quitte la commune que celle-ci a déménagé à D., allant ainsi grossir le ghetto noir!

Cet été, j'irai aux journées mondiales de la jeunesse à Paris. Je me joindrai à un groupe d'Espagnols, de Péruviens, de Mexicains, de Camerounais …

On nous a déjà demandé de signer des papiers stipulant que nous prenons en charge tous les jeunes venant du Tiers-Monde avec les dates de leur arrivée et surtout de

5 **les Occidentaux** (m. pl.): Einwohner der westlichen Welt. | **l'ONU** (f.): *Organisation des Nations Unies:* UNO. | 6 **le casque bleu:** Blauhelm (der UNO). | 14 **à part entière:** vollwertig. | **en tout et pour tout:** sage und schreibe. | 16 **le CPAS:** *Centre public d'action sociale*: das belgische Sozialamt. | 17 **déménager:** umziehen. | 18 **grossir:** hier: vergrößern. | 22 **stipuler qc:** etwas vertraglich festlegen, vorschreiben. | 23 **prendre qn en charge:** jdn. betreuen; hier: die Kosten für jdn. übernehmen.

leur départ. C'est que les autorités ont bien trop peur qu'il ne leur prenne l'envie de rester!

Face à tout cela, je suis indignée et je me demande où est la vérité. C'est un grand bien que des gens comme vous fassent le tour des écoles pour faire entendre à tous votre voix et votre expérience au nom de tous ceux qui ne peuvent pas parler ...

Francine.

Cette lettre, comme celle de Lien, avait encouragé Masikini qui, par moments, ne cessait de se demander s'il n'avait pas intérêt à se taire tout simplement. Il se souvenait de son rôle. Il avait parlé au nom d'un peuple muselé et il se disait que l'exil pouvait finalement être pour lui un perchoir qui lui permettrait de crier plus fort qu'il ne l'avait fait jusque-là.

La première chose que Masikini conseilla à Francine fut de ne pas se culpabiliser à la place de la nation. Chacun, à son niveau, essaie de faire de son mieux.

Il insista sur la nécessité d'une chaîne de solidarité dans le monde et sur le courage de dénoncer ceux qui, à travers le monde, font le commerce de la mort parce que leurs industries doivent marcher. Les trafiquants d'armes, les politiciens et certaines autres personnalités ne se gênent nullement pour susciter des conflits dans le monde.

3 **indigné, e:** entrüstet, empört. | 10 **cesser de faire qc:** aufhören, etwas zu tun. | 12 **muselé, e:** mit einem Maulkorb versehen, mundtot gemacht. | 13 **un perchoir:** Hühnerstange; hier: Hilfsmittel. | 17 **faire de son mieux:** sein Bestes tun. | 19 **dénoncer qn:** jdn. verraten; hier: jdn. anklagen, anprangern, öffentlich kritisieren. | 21 **le trafiquant d'armes** (f. pl.): Waffenhändler. | 23 **susciter des conflits** (m. pl.): Konflikte hervorrufen, Kriege auslösen.

19. Nul n'a le droit d'être heureux tout seul

Masikini faisait désormais partie d'un village où l'on comptait avec lui, mais cela ne pouvait pas l'empêcher de se sentir seul: sa famille lui manquait. Et pour ne rien arranger, à l'Est de son Zaïre natal, une attaque de rebelles était signalée.

Masikini pouvait mettre une croix sur l'espoir de revoir bientôt sa famille. Réunir tous les papiers que la Belgique exigeait était déjà une prouesse en temps de paix, mais avec la guerre, il était difficile de trouver un agent administratif qui accepte de signer et de légaliser un *acte de mariage* ou *un acte de naissance*. Partout c'était le sauve qui peut!

Il se décida à aller frapper à la porte des autorités belges pour essayer de leur expliquer. Ils ont du cœur, se dit-il, ils ne peuvent pas rester insensibles à sa détresse. Ce fut d'abord un problème que d'être reçu par une autorité. Et une fois reçu, on a l'impression de se retrouver devant un bloc de marbre. La loi belge veut tel papier, signé par Un tel, quel que soit le pays, quelle que soit la situation particulière dans laquelle l'on pouvait se retrouver. La loi, c'est la loi. La loi n'a pas de cœur! Hélas!

Chaque jour, Masikini était accroché au téléphone.

– Viens nous prendre, papa, lui criait son fils Yannick, ici c'est la guerre!

– Je fais de mon mieux, mon grand, soyez courageux …

C'était facile à dire … Masikini lui-même faisait un effort

3 **empêcher qn de faire qc:** jdn. daran hindern, etwas zu tun. | 7 **mettre une croix sur qc** (fig.): sich etwas abschminken, etwas abschreiben. | 9 **la prouesse:** Heldentat. | 12 **le sauve qui peut/sauve-qui-peut:** Panik, Rette-sich-wer-kann. | 18 **le marbre:** Marmor.

pour ne pas transmettre son inquiétude à sa famille. L'avenir était d'autant plus sombre que les rebelles coupaient les communications dans les zones conquises. La guerre, on sait quand elle commence, mais jamais quand elle finit!

Dans le village belge qui l'avait adopté, les habitants compatissaient à son sort. Certains venaient le voir et lui parler pour qu'il ne se sente pas seul. Masikini comprit que s'il voulait avancer, il devait compter plus sur les habitants de son village, sur la société civile, sur les associations plutôt que sur les autorités. Ces derniers s'occupent de l'État, ils ne peuvent pas se préoccuper des cas isolés.

Un matin, le facteur apporta une lettre de l'un de ses enfants. Masikini s'empressa de la lire. La même rengaine revenait: «Tu nous a abandonnés, papa ...»

Un air de Jacques Brel, que distillait la radio, résonna particulièrement à ses oreilles:

Fils de César, ou fils de rien
Tous les enfants sont comme le tien
Le même sourire, les mêmes larmes
Les mêmes alarmes, les mêmes soupirs ...
Tous les enfants sont des poètes
Ils sont bergers, ils sont rois mages ...

Son téléphone sonna, c'était une famille du village qui l'avait pris en sympathie:

– Allô, Masikini!

3 **conquis, e:** erobert. | 13 **la rengaine:** Refrain. | 15 **distiller:** verbreiten; hier: (Lied) senden. | 20 **une alarme:** hier: Unruhe, Ängste. | **le soupir:** Seufzer. | 22 **le berger / la bergère:** Hirt(in). | **le roi mage:** heiliger König.

– Oui!

– C'est toujours OK pour demain?

– …

– Tu viens manger à la maison, n'est-ce pas?

Masikini déclina l'invitation! «Nul n'a le droit d'être heureux tout seul, répondit-il. Comment voulez-vous que je vienne me régaler chez vous alors que je ne sais pas si mes enfants ont mangé aujourd'hui?»

En effet, il avait l'impression de trahir les siens en menant en Occident un train de vie aux antipodes avec ce que sa famille connaissait en Afrique. Certaines invitations eurent cependant une valeur tellement symbolique qu'il ne pouvait pas les décliner. Ainsi en fut-il des invitations formulées par des élèves et des professeurs qui avaient entre autres motivations, celle de voir Masikini se retremper dans des milieux similaires à ceux dans lesquels il avait évolué au Zaïre.

Un jour, après un témoignage devant une population hostile aux étrangers, Benoît, un responsable de la ligue des droits humains lui donna sa carte de visite. «Viens me voir à mon bureau.»

Masikini ne se fit pas prier. Son interlocuteur commença par lui demander de mettre sur une feuille dans une colonne, ce que la Belgique lui avait exigé, dans une deuxième colonne, ce qu'il avait fait et dans une troisième, ce à quoi il

5 **décliner une invitation:** Einladung ablehnen. | 7 **se régaler:** schlemmen, es sich schmecken lassen. | 10 **un train de vie:** Lebensstandard, Lebensstil. | **être aux antipodes** (m.) **de qc:** in diametralem Gegensatz zu etwas stehen. | 15 f. **se retremper dans un milieu:** wieder eintauchen in eine Umgebung. | 17 **évoluer:** hier: sich bewegen. | 18 **un témoignage:** (Zeugen-)Aussage; hier: Erlebnisbericht.

était arrivé. «Je ne promets rien, lui dit Benoît, mais je vais essayer de faire de mon mieux pour t'aider.»

Des mois passèrent. Quel levier Benoît avait-il soulevé? Masikini ne chercha pas à savoir. Toujours est-il qu'un autre jour, le facteur lui apporta la fameuse lettre qui lui annonçait que l'État belge avait accepté de donner un visa à sa femme et à ses enfants.

Dans le village, une équipe se constitua pour préparer l'accueil de la famille. Masikini n'avait plus qu'à gérer le stress des femmes belges: «Y'a-t-il suffisamment de matelas, de casseroles, de sièges ...?» Pour détendre l'atmosphère, Masikini disait aux dames: «Ne vous en faites pas pour le nombre de matelas, en Afrique on peut même les mettre en largeur sur un même lit!».

Un Boeing comme celui qui l'avait amené en Europe tournoyait dans le ciel; Masikini attendait de voir descendre sa famille. Cette fois, il n'était pas seul. Il y avait autour de lui une bande de citoyens du monde, ceux pour qui une seule race existe au monde: la race humaine. Ils avaient des fleurs pour des petits Noirs qu'ils n'avaient jamais vus avant.

Les passagers sortirent un à un ... Masikini ne vit pas les visages qu'il cherchait. L'inquiétude le reprit: l'ambassade belge avait-elle placé d'autres embûches sur le chemin des siens? À moins que madame et les enfants aient occupé les sièges dans le fond de l'avion. Il regardait le ciel avec des yeux larmoyants. Il attendait comme attendent bien d'autres ...

3 **le levier:** Hebel. | **soulever:** (hoch)heben; hier: in Bewegung setzen. | 16 **tournoyer:** kreisen | 24 **une embûche:** Hindernis.

20. Hakuna matata

La suite? – C'est Masikini prenant lui-même la plume qui nous la conte: «Ma famille a fini par se pointer dans le couloir d'arrivée. J'étais à la fois content et triste de retrouver ma femme et mes enfants. Content de nous voir enfin réunis, tristes de voir à quel point ils étaient marqués par les privations.

À la maison, quand tout le monde est parti et que nous nous sommes retrouvés, j'ai préparé à manger, j'ai débarassé la table et j'ai emporté les assiettes. Quand ma fille de treize ans m'a vu faire le ménage, elle m'a dit:

– Papa, arrête de faire la vaisselle. Et si quelqu'un te voyait?

– Ça ne me dérange pas de faire la vaisselle, ici tout le monde fait la vaisselle.

– T'as fait la vaisselle quand je n'étais pas là, papa. Maintenant c'est à moi, va au salon!»

J'ai quitté la cuisine, content, en me disant que ma fille allait dorénavant faire la vaisselle. Mais après l'avoir inscrite dans une école belge, trois semaines seulement après, je l'envoie me chercher un verre d'eau, elle revient mains vides et me dit: «Papa, tu ne pourrais pas te bouger toi-même, non? Je ne suis pas ta boniche!»

1 **hakuna matata:** (Suaheli) Alles okay! Keine Sorge! | 2 **la plume:** Schreibfeder. | 3 **(ra)conter qc:** etwas erzählen. | **se pointer:** sich zeigen, auftauchen. | 7 **la privation:** Entbehrung. | 9 f. **débarrasser la table:** den Tisch abräumen. | 12 **faire la vaisselle:** abwaschen. | 19 **dorénavant:** in Zukunft, von nun an. | 22 **se bouger:** sich bewegen, sich anstrengen. | 23 **la boniche** (fam. pour *la bonne*): Dienstmädchen.

Elle sort une feuille reçue de l'école et lit: «Les droits de l'enfant ...»! Elle a même reçu un numéro de téléphone à appeler au cas où elle estimerait que ses droits ne sont pas respectés à la maison.

Le jour suivant, je suis allé voir la directrice de l'école: «Madame, puis-je avoir un exemplaire des droits de l'enfant, s'il vous plaît? – Oui, Monsieur, voici la photocopie.»

Elle me donne la copie; je lui demande également un exemplaire des devoirs de l'enfant ...

– Ah non, on n'a pas ça, monsieur!

Je lui dis: «Vous avez tort, madame; les enfants n'ont pas que des droits, ils ont aussi des devoirs et ça, vous avez oublié en Europe, vous faites des enfants-rois, qui en font voir de toutes les couleurs aux profs à l'école. Et le métier de prof est devenu très difficile ...».

À l'école du village, mes enfants ont été bien accueillis. Le seul jour où ma fille est revenue en pleurant: «Papa, on m'a traité de Noire à l'école», je lui ai dit: «Et tu pleures pour cela, ma fille; attends voir quand le soleil viendra, les Européens vont tous à la mer, au soleil, pour devenir des Noirs comme nous, tu dois être fière ma fille, t'as pas besoin de bronzer, toi.»

Petit à petit, les enfants du village commencent à venir chez nous. Il y en a un, ami à mon fils cadet, il était tout le temps chez nous. Cet enfant est tellement avec nous qu'un jour, au salon de l'auto, il nous a demandé de choisir un véhicule dans lequel il aurait sa place: neuf sièges! Entre temps, il connaît même quelques mots de souahéli. Quand

9 **les devoirs** (m. pl.): hier: Pflichten. | 22 **bronzer:** sich bräunen, sonnenbaden. | 24 **cadet, te:** der, die jüngste.

sa mère s'inquiète, il lui dit: «Maman, hakuna matata». Et la pauvre dame qui me dit: «Monsieur, vous n'en voulez pas un septième, non? Vous pouvez l'adopter; depuis que vous êtes là, il est plus épanoui.»

Avec des liens aussi forts, certains nous appellent «la misère du monde»? Nous ne sommes pas la misère du monde. Moi j'ai vu la misère du monde dans certains villages européens. Parfois je pose la question: «Pourquoi vous êtes si triste?»

La réponse, souvent la même, dénonce les entreprises qui délocalisent, les cafés et les boulangeries qui ferment … Il n'y a plus que l'école qui donne un peu de vie dans le village; mais même l'école, elle est menacée de fermeture: Il n'y a plus suffisamment d'enfants dans le village …

Et moi de suggérer: «Vous n'avez pas d'imagination … Pour sauver votre école, il vous suffit d'accueillir chez vous six familles africaines, ça vous fera six fois six enfants, soit trente-six élèves en un jour et votre école est sauvée, non?»

3 **épanoui, e:** glücklich, aufgeblüht. | 5 **le lien:** Bindung; hier: Zusammenhalt, Beziehung, Verbundenheit. | 10 **dénoncer:** jdn. kritisieren. | 10 **délocaliser:** wegziehen, ins Ausland verlagern. | 12 **menacer qc:** etwas bedrohen. | 14 **et moi de suggérer:** deshalb schlage ich vor, rege ich an. | 16 **soit:** das heißt, also.

Editorische Notiz

Gemäß Pie Tshibanda hat sich der Text von *Un fou noir au pays des Blancs* mit jeder Aufführung leicht weiterentwickelt, weshalb sich die französische Originalbuchfassung von 1999 stark unterscheidet von der Bühnenversion, die im Jahr 2006 vom Belgischen Fernsehen RTBF aufgezeichnet wurde. Obwohl das Buch in verschiedenen belgischen Verlagen vier Mal herausgegeben wurde, ist es heute auf Französisch vergriffen. Die vorliegende Reclam-Ausgabe basiert auf dem Text, der 2007 beim Verlag *Le grand Miroir* (Brüssel) erschienen ist, wurde aber mit dem ausdrücklichen Einverständnis und in enger Rücksprache mit dem Autor neu überarbeitet: Einige Exkurse über Dichter wie André Baillon oder Madeleine Bourdhouxhe wurden weggelassen, andere Passagen leicht gekürzt oder umformuliert, Zwischentitel eingefügt, die beiden letzten Kapitel des Buches ersetzt durch neue Texte, die Pie Tshibanda uns freundlicherweise zur Verfügung gestellt hat. Insgesamt wurde der Text näher an die Videoaufzeichnung der Aufführung herangeführt und lesbarer gemacht. Pie Tshibanda sei gedankt für seine geduldige Beantwortung all unserer Fragen!

Das Glossar enthält die Wörter, die nach meiner Erfahrung als Gymnasiallehrer über den Wortschatz von Lesern mit Französisch-Niveau B1 hinausgehen. Das Vokabular wurde möglichst lesefreundlich und hilfreich angegeben, z. B. Nomen, die mit Vokal beginnen, direkt mit dem unbestimmten Artikel *un/une*. Schwierige, für das Verständnis wichtige Wörter wie *démarches administratives* (Behördengänge) wurden u. U. mehrmals aufgeführt, während andere Wörter, die im Deutschen ähnlich sind, wie z. B. *le firmament* (Firmament) oder *la convention de Genève* (Genfer Konvention), nicht ins Glossar aufgenommen wurden.

Verwendete Abkürzungen:

adv.	adverbe
belg.	belge
f.	féminin
fam.	familier (umgangssprachlich)
iron.	ironique
jur.	terme juridique (juristischer Begriff)
loc.	locution (Redewendung)
m.	masculin
pop.	populaire (salopp)
psych.	terme psychologique
p.s.	passé simple
qc	quelque chose
qn	quelqu'un
rel.	religieux
russ.	russe

Nachwort

Der Autor und sein Werk

Pie Tshibanda ist in Belgien und der französischsprachigen Welt bekannt für *Un fou noir au pays des Blancs.* Seit der ersten Aufführung im Jahr 1999 hat er sein Ein-Mann-Stück über 2500 Mal in Gemeindesälen und Schulen präsentiert und das Publikum mit seinem Erfahrungsbericht für die Flüchtlingsproblematik sensibilisiert.

Seine Geschichte ist eng verwoben mit derjenigen seines Heimatlandes, dem Kongo. Pie Tshibanda wurde 1951 in Kolwezi geboren. Seine Vorfahren stammen aus dem rund tausend Kilometer entfernten Kasai, wanderten jedoch aus in die reiche Südprovinz Katanga, um in den Minen zu arbeiten. »Tshibanda« ist der Vorname seines Großvaters. Die belgischen Missionare gaben dem Jungen zusätzlich den Vornamen Pie (lateinisch: Pius). Ohne diesen hätte er die Schule nicht besuchen dürfen. Die Wirren des Übergangs in die Unabhängigkeit hinterlassen Spuren: Die vom Diktator Mobutu oktroyierte Afrikanisierung macht aus dem Kongo »Zaïre«, und aus Pie »Wamuela Bujitu«. Diese erzwungene Namensänderung führte später zu Verwechslungen, die nur geklärt werden konnten, indem der Autor bei einigen seiner Publikationen im Namen »W. B.« anfügte.

Mit 16 Jahren begann der Gymnasiast Pie zu schreiben. Nach dem Abitur studierte er Psychologie und arbeitete von 1977 bis 1987 als Lehrer, Berufsberater und Schulvorsteher in verschiedenen Schulen Katangas. 1979 erscheint sein engagierter Essay *Femmes libres, femmes enchaînées.*

Tshibanda merkt, dass er sich vor der Zensur in Acht nehmen muss, und wählt die literarische Verschlüsselung, um das repressive Regime zu kritisieren. Sein erster Roman *De Kolwezi à Kasaji* (1980) handelt von den Gräueltaten der Mobutu-Schergen. Im Jahr darauf kämpft er gegen den in Afrika verbreiteten Aberglauben: *Je ne suis pas un sorcier* (1981) ist die Geschichte eines Unschuldigen, der verdächtigt wird, für das Unglück seiner Familie verantwortlich zu sein. Tshibanda plädiert dafür, nach sozialen und psychischen Gründen für das Elend zu fragen, anstatt Sündenböcke zu suchen.

1987 publiziert Tshibanda ein Psychologiebuch und wird tätig als Firmenpsychologe bei einer Minengesellschaft in Lubumbashi. Seine Empörung über die Ausbeutung des an Rohstoff reichen Kongo durch internationale Konzerne und seine Kritik am korrupten Mobutu-Regime, das sich mitbereichert, nehmen zu. Er schreibt Bücher wie *Trains des malheurs* (1990) oder *Un cauchemar* (1992), in denen er kein Blatt vor den Mund nimmt. Als Zaïre in den Strudel der ethnischen Auseinandersetzungen gerät, die alle Länder Zentralafrikas erfassen, wird Tshibanda Zeuge der Massaker an den Kasaiern, der ethnischen Minderheit in Katanga, der er selber angehört. Er dreht einen Film und publiziert verschiedene Artikel, die sein Leben in Gefahr bringen. 1995 muss der Regimekritiker seine Heimat ohne seine Familie verlassen.

Mit 44 Jahren wird Pie Tshibanda vom geachteten Psychologen, Schriftsteller, Familienvater zum Asylanten. In Belgien erlebt er Fremdenfeindlichkeit, die Einsamkeit des Exils, den Spießrutenlauf durch die Ämter, und behält trotz allem die Hoffnung, seiner neuen Situation Sinn ab-

gewinnen zu können. Das 1999 erschienene Buch *Un fou noir au pays des Blancs* beschreibt die Erlebnisse in den drei Jahren, die es gedauert hat, bis sein Asylantrag angenommen und die Familienzusammenführung bewilligt wurde.

Unermüdlich steigt Pie Tshibanda seither auf die Bühne, engagiert sich in der Jugendarbeit und für die Integration der Ausländer, schreibt Bücher, Essays, Comics, gibt Interviews, macht Radiosendungen, beantwortet Korrespondenz aus der ganzen Welt und kümmert sich um seine humanitäre Organisation *ASBL Rayon de Soleil.*

Hier eine Auswahl seiner jüngsten Publikationen:

Sexualité, amour et éducation des enfants (2001)
Ces enfants qui n'ont envie de rien (2003)
Avant qu'il soit trop tard (2005)
Rendez-vous sur l'île de Gorée (2007)
Lettre d'un Africain à sa famille (2009)
Pourquoi Obama est-il Noir et pas Blanc? (2010)
Des clandestins à la mer, BD (2010)
Un fou noir en Nouvelle Calédonie (2011)
Questions de vie? Répondre ensemble! (2014)
À la recherche de mon père (2016)
Cela peut aussi vous arriver (2017)

Zum Titel »Un fou noir au pays des Blancs«

Zu Deutsch: *Ein schwarzer Narr im Land der Weißen.* Die Konfrontation Schwarz/Weiß, der Kultur-Clash, ist bereits im Titel thematisiert. Bei seiner Ankunft in Brüssel verliert Masikini (das Alter Ego Pie Tshibandas) seine Identität, wird zum Fremden im »Land der Weißen«. Anstatt aber im leidigen Zustand der Entfremdung zu resignieren, nimmt er die subversive Pose des Narren ein, um die ihm aufgezwungene Rolle als »Schwarzer« ironisch umzudeuten: Indem er die beiden Schimpfwörter »fou« und »noir« bewusst für sich in Anspruch nimmt, heben sich die doppelt negativen Vorzeichen auf und werden zu einem Plus. Dank seiner Andersartigkeit ist der »schwarze Narr« ein privilegierter Beobachter für Dinge, die uns nicht mehr auffallen. Erfrischend spontan rüttelt er an Grenzen, deckt Widersprüche und Vorurteile auf. So gibt es im »Land der Weißen« noch viele andere »ver-rückte« Immigranten, denen nicht allen die Resilienz gelingt: Sie leiden unter Einsamkeit, zwischenmenschlicher Kälte und Ausgrenzung, traumatischen Erlebnissen der Vergangenheit und der Ungewissheit ihrer Zukunft. Wie ein Hofnarr im Mittelalter nimmt Pie Tshibanda stellvertretend für all diese Sprachlosen die Rolle des sympathischen Possenreißers ein, bringt sein Publikum zum Lachen, nutzt aber zugleich seine Narrenfreiheit, um den weißen Herren den satirischen Spiegel vorzuhalten. In die Situationskomik, über die wir schmunzeln, mischt sich der Ernst einer schonungslosen Gesellschaftskritik.

Zum Inhalt

Ma couleur, c'est dans votre regard que je la vois[1]

Aus der Vogelperspektive betrachtet der Erzähler die Stadt, in der er landen wird. Ähnlich wie im Film *Willkommen bei den Sch'tis*[2], wo es in Strömen regnet, sobald man im Nor-

1 »Meine Farbe sehe ich in eurem Blick«. In der Bühnenfassung, aufgezeichnet durch das Belgische Fernsehen RTBF im Jahr 2006, und abrufbar auf YouTube, kann man sich diesen Teil der Geschichte anschauen in den Ausschnitten 6 (Épuration ethnique des Kasaïens, nach 6 min. 40 sec.) und 7 (La demande d'asile en Belgique).

2 *Bienvenue chez les Ch'tis*, Dany Boon, 2008.

den ankommt, schreckt auch Masikini zurück vor dem unwirtlichen Klima, das ihn in Brüssel erwartet: Nebel, Kälte und Nacht schaffen eine unheimliche Atmosphäre. Im Kontrast dazu steht in seiner Erinnerung die Farbenpracht Afrikas. Doch assoziiert der Erzähler auch Gefahren mit dem schwarzen Kontinent: Durst, Hitze, Krieg und Elend. Masikini (aus dem Suaheli ins Deutsche übersetzt: *der Arme*) steckt im Dilemma zwischen dem kalten europäischen Land, in dem er wenig willkommen ist, und der Sehnsucht nach der Heimat, die er verlassen musste und in die er aufgrund des Krieges nicht zurück kann.

Die Illusion, ein normaler Tourist zu sein, wird bei seiner Ankunft im Flughafen zerschlagen, als er in der Schlange der afrikanischen Einwanderer stehen muss. Durch das *racial profiling*, das die Zollbeamten betreiben, wird sich Masikini der Fatalität seiner schwarzen Hautfarbe bewusst. Die Grenzwächter sind nicht zimperlich, reißen private Briefe auf, drohen mit Handschellen. Gemäß Vorurteil steckt hinter jedem Afrikaner ein Dealer und Betrüger. Durch seine Entwurzelung und Verpflanzung in eine ihm fremde Kultur verliert »der Arme« seine Identität. Dafür gewinnt er eine Beobachtungsgabe für die kulturellen Unterschiede zwischen Afrika und Europa.

Trotz ironischer Distanz und Humor erinnert die Beschreibung der Bürokratie an Franz Kafkas Türhüter-Parabel: Das Gesetz gleicht einer undurchschaubaren Maschinerie, die sich charakterisiert durch Willkür, Absurdität, Leerläufe. Das Individuum wird zur Nummer, und die Asylbewerber sind dazu verurteilt, Monate oder gar Jahre auf einen Entscheid zu warten. Um dem Schicksal nachzuhelfen, wenden einige Antragsteller originelle Tricks an:

Einer sagt zu jeder Schalterbeamtin: *Je t'aime beaucoup*, und zuweilen scheint der naive Charme dieser Floskel sogar zu wirken. Gleichzeitig werden die Gründe der Flucht thematisiert, zum Beispiel die Ächtung von Homo- und Transsexuellen in Osteuropa.

Les causes lointaines de l'immigration[3]

Der Erzähler holt weit aus in der Geschichte des Kongo, um zu erklären, weshalb er flüchten musste. Ähnlich wie in Adam Hochschilds *Schatten über dem Kongo*[4] und dem gleichnamigen Dokumentarfilm[5] berichtet er von den Gräueltaten, die unter dem belgischen König Leopold II. in Afrika begangen wurden. Auf die Wirren der Unabhängigkeit folgte die Diktatur Mobutus: Gewalt, Korruption, ethnische Konflikte und ein bürgerkriegsähnliches Chaos lassen den Kongo zur Hölle werden. Die Juristin, die Masikini befragt, kann kaum glauben, dass er in seinem eigenen Land verfolgt und bedroht wurde. Trotzdem verspricht sie ihm, seine Angaben zu prüfen. Masikini weiß, dass es eine Ewigkeit dauern kann, bis er eine Aufenthaltsbewilligung erhält. In der Zwischenzeit muss er mit der Angst leben, zurückgeschickt zu werden. Er ist auch traurig darüber, von

3 »Die weit zurückliegenden Gründe der Immigration«. In der Bühnenversion nimmt der geschichtliche Rückblick drei Abschnitte ein: (3) Les causes lointaines de l'immigration. (4) Les kasaïens et les katangais. (5) Les origines de l'épuration ethnique des kasaïens.

4 Englischer Originaltitel: *King Leopold's Ghost. A Story of Greed, Terror and Heroism in Colonial Africa* (Macmillan, 1998).

5 2006, von Pippa Scott und Oreet Rees.

seiner Familie getrennt zu sein, und macht sich Vorwürfe, weil er sie zurücklassen musste im Krisengebiet.

Cela vous étonne qu'ils sombrent dans la folie?

Masikini wird von der Gemeindeverwaltung immer häufiger angefragt, wenn es darum geht, psychisch gefährdete Asylanten zu betreuen. Anstatt ihren Wahnsinn als individuelles Problem zu betrachten, versteht Masikini ihn als Ausdruck eines kollektiven Leidens, das einen verrückt machen kann. Um diese These zu illustrieren, erzählt er die Geschichte eines Freundes namens Bukasa, den die Ironie des Schicksals eingeholt hat: Dass ausgerechnet dieser hochsensible Mann, der Schlimmes vorausgeahnt hatte, in den Unruhen der 90-er Jahre von einer verirrten Kugel getroffen werden musste! Auch wenn die Bedrohungen und Ängste in Europa andere sind, versteht Masikini aufgrund solcher Erfahrungen, wenn jemand verrückt wird. Wie soll man denn zum Beispiel jenen jungen Angolaner trösten, der seit vielen Jahren auf einen Asylbescheid wartet und jetzt zurückgeschickt werden soll?

La misère du monde

Masikini ist seit drei Jahren in Belgien. Beim Anblick der schneebedeckten Felder kommt ihm ein Weihnachtslied in den Sinn. Es handelt vom Leid in der Welt und von der Hoffnung, das Fest der Liebe möge etwas daran ändern. Dieses Lied und seine Sehnsucht nach den eigenen Kindern veranlassen Masikini dazu, einen Brief an den Weihnachtsmann zu schreiben. Allerdings einen ungewohnt harten, anklagenden Brief, in dem er das ganze afrikanische Elend schildert: Armut, Gewalt, Hunger, Aberglaube, Krieg. Der Weihnachtsmann möge Nahrung, nicht Waffen nach Afrika schicken. Im krassen Gegensatz zu dieser Not steht der Weihnachtskitsch, mit dem sich die Schaufenster in Europa füllen. Nur die zwischenmenschliche Wärme schätzt Masikini, der am Weihnachtsabend von belgischen Freunden eingeladen wird und eine Kerze geschenkt bekommt: Für ihn ist sie ein Symbol des Lichts, der Hoffnung.

Im letzten Kapitel erzählt Masikini in der ersten Person, wie er sich darüber freut, wiedervereint zu sein mit seiner Frau und seinen Kindern. Verkürzt und mit Humor stellt er dar, wie schnell sich diese der europäischen Mentalität angepasst haben. Ist es berechtigt, von den Afrikanern als dem »Elend der Welt« zu sprechen, fragt sich der Erzähler. Ist das Elend nicht eher dort zu suchen, wo Traurigkeit herrscht, oder dort, wo Dörfer aussterben und Schulen mangels Schüler geschlossen werden müssen? – Und wäre nicht vielleicht die Einwanderung eine Antwort auf diese Probleme?

Martin Bischof, Gymnasiallehrer in Biel-Bienne (CH)

Inhalt